Liaison grecque

JENNIFER FAYE

Liaison grecque

Traduction française de
LOUISE LAMBERSON

AZUR

HARLEQUIN

Collection : Azur

Titre original :
SECOND CHANCE WITH THE BRIDESMAID

HARPERCOLLINS FRANCE
83-85, boulevard Vincent-Auriol, 75646 PARIS CEDEX 13
Service Lectrices — Tél. : 01 45 82 47 47 - www.harlequin.fr
ISBN 978-2-2804-8755-9 — ISSN 0993-4448

Composé et édité par HarperCollins France.
Imprimé en juin 2023 par CPI Black Print (Barcelone)
en utilisant 100% d'électricité renouvelable.
Dépôt légal : juillet 2023.

FSC www.fsc.org MIXTE Papier issu de sources responsables FSC® C159065

Pour limiter l'empreinte environnementale de ses livres, HarperCollins France s'engage à n'utiliser que du papier fabriqué à partir de bois provenant de forêts gérées durablement et de manière responsable.

Prologue

Paris, juillet.

L'ascenseur s'éleva en silence vers le dernier étage de l'un des hôtels les plus chic de Paris. Mais si le cœur d'Adara Galini battait à tout rompre, ce n'était pas à cause de la somptuosité de l'établissement.

Étant elle-même la cheffe concierge d'un complexe hôtelier de bord de mer de luxe, le Ludus Resort, où séjournaient des milliardaires et des célébrités venus du monde entier, elle se sentait parfaitement à l'aise dans cet environnement élégant et raffiné.

En revanche, cela ne lui ressemblait pas du tout de quitter la Grèce sur un coup de tête. Sa vie était réglée comme une horloge, les surprises se limitant à celles que lui réservait son travail.

Mais ayant un long week-end de repos devant elle, et impatiente de revoir Krystof, Adara avait décidé d'aller le retrouver à Paris. Depuis leur rencontre au Ludus, ils se voyaient quand ils le pouvaient, au gré de leurs emplois du temps respectifs.

Krystof Mikos était le meilleur ami d'Atlas Othonos, le nouveau propriétaire de l'île du Ludus. Et lorsque, quelques mois plus tôt, Atlas avait envisagé de vendre l'île dont il venait d'hériter, il avait contacté Krystof dans l'espoir que celui-ci serait intéressé et achèterait l'île et le complexe hôtelier. Le projet n'avait pas abouti, mais Krystof avait remarqué Adara et l'avait invitée à l'accompagner au bal de la Saint-Valentin, alors que de son côté, elle s'apprêtait à lui demander s'il voulait bien être son cavalier. Hermione et elle avaient en effet conclu un marché : Hermione acceptait de demander à Atlas d'être son cavalier à condition qu'Adara fasse de même avec Krystof.

Aussi, bien qu'ayant toujours eu pour règle de ne pas se lier avec les hôtes, elle avait accepté l'invitation de Krystof, séduite d'emblée par son sourire enjôleur et son charme irrésistible.

Elle ne l'avait pas regretté. La soirée avait été magique et ils avaient dansé jusqu'à l'aube.

Depuis lors, chaque fois que Krystof séjournait au Ludus, ils s'arrangeaient pour passer le plus de temps possible ensemble et, avant de quitter l'île, il demandait toujours à Adara de partir avec lui vers telle ou telle contrée lointaine. La proposition était tentante, mais elle l'avait toujours refusée. Impossible de s'imaginer partant ainsi sans rien avoir planifié. Comment son assistante saurait-elle faire face à toutes les situations complexes qui se présentaient chaque jour au Ludus ? Et si l'un des hôtes réguliers arrivait et qu'Adara ne soit pas là pour l'accueillir ? Elle connaissait les habitués et anticipait leurs désirs avant même qu'ils ne les aient exprimés. Elle tenait des dossiers détaillés sur chacun d'entre eux, les informations allant de leurs plats et leurs couleurs préférés, jusqu'aux prénoms de leurs enfants et animaux domestiques.

Mais cette fois Hermione, sa directrice et amie, avait insisté pour qu'elle prenne une partie des jours de congé accumulés au cours de l'année. Adara avait tellement travaillé, ces temps derniers, qu'elle avait laissé tomber toute vie sociale. Quant à ses loisirs, elle n'en avait plus, excepté le shopping – à supposer que cette activité puisse être considérée comme un loisir.

Alors, quand elle avait appris que Krystof serait à Paris, la capitale du shopping, elle y avait vu un signe. Et comme cela faisait une éternité qu'ils n'avaient pas réussi à se voir, elle avait cédé à une impulsion et sauté dans le premier avion.

Elle lissa sa petite robe noire du revers de la main. Geste totalement inutile vu que l'étoffe moulait son corps comme une seconde peau. Adara ne portait pas de robe aussi provocante d'habitude. Elle l'avait achetée spécialement pour Krystof.

La cabine s'immobilisa soudain, au neuvième étage. Les portes s'ouvrirent sans bruit. Adara inspira profondément, puis, resserrant les doigts autour de la poignée de son sac de voyage, elle sortit de l'ascenseur.

Lentement, elle s'avança en regardant autour d'elle. Pas d'œuvres d'art accrochées sur les murs ou exposées sur des socles comme au Ludus. Pas de plantes luxuriantes. Cet établissement, l'un des plus chers de Paris, avait misé sur le minimalisme et la sobriété.

Moquette épaisse couleur lie-de-vin, appliques en cuivre ressortant sur les murs laqués couleur ivoire. Personne alentour. Aucun bruit. Adara continua d'avancer dans un large couloir, la plaque de cuivre portant les numéros des suites indiquant que celle où logeait Krystof se trouvait tout au fond, du côté droit. La moquette étouffait le bruit de ses pas, mais son cœur battait si fort qu'elle avait l'impression de l'entendre résonner dans l'espace. Qu'allait penser Krystof de son initiative ? À supposer qu'il soit dans sa suite. Peut-être était-il en train de jouer aux cartes quelque part, ou de flâner en ville…

Dans ce cas, elle serait forcée de l'appeler pour le prévenir de son arrivée. Et alors, plus de surprise.

À cet instant, elle aperçut une jeune femme élégante venant en sens inverse à l'extrémité du couloir. L'inconnue s'arrêta devant une porte située sur sa gauche et frappa. La porte s'ouvrit aussitôt, et la femme s'écarta légèrement, et

Adara vit apparaître… Elle se figea sur place, son cœur s'arrêta de battre.

Krystof. L'inconnue venait voir Krystof qui, les cheveux ébouriffés, vêtu en tout et pour tout d'une serviette blanche lui ceignant les hanches, lui souriait.

Adara déglutit avec effort. Il était d'une beauté scandaleuse. Le seul problème étant qu'elle aurait dû être à la place de celle qui se jetait littéralement à son cou tandis qu'il refermait les bras autour de sa taille. Ils se connaissaient bien, manifestement.

Elle battit des cils pour chasser la vision. Mais en vain. Krystof serrait toujours la belle inconnue dans ses bras.

Voyait-il d'autres femmes quand ils étaient séparés ? se demanda-t-elle, le cœur lui martelant les côtes.

Elle fit volte-face avant d'être repérée. Si Krystof l'apercevait, l'humiliation serait totale.

Pressée de disparaître, Adara repartit en sens inverse et accéléra le pas. Par chance, la porte de l'un des deux ascenseurs s'ouvrit dès qu'elle appuya sur le bouton d'appel.

Un couple d'un certain âge en sortit. Adara s'engouffra à la hâte dans la cabine et revit en pensée Krystof, pratiquement nu et souriant, attirer l'inconnue dans ses bras. Sentant les larmes lui picoter les paupières, elle battit vigoureusement des cils pour les refouler. Pas question de s'effondrer dans cet ascenseur. Mieux valait se concentrer sur sa colère. Mais quelle idiote ! Pourquoi avait-elle cru qu'ils partageaient quelque chose de spécial ?

De toute évidence, Krystof avait d'autres femmes dans sa vie. Comment avait-elle pu être aussi aveugle ? Il ne lui avait jamais rien promis – et elle non plus. Ils vivaient une relation libre, sans attaches et sans contraintes. Mais au fil de leurs rencontres, elle avait eu l'impression qu'ils se rapprochaient l'un de l'autre, que leur liaison avait pris un tour plus sérieux. Et elle s'était bien trompée.

Elle s'était trompée sur lui, sur elle-même, sur eux

deux. Mais c'était terminé. Parce que cette malheureuse visite surprise avait eu le mérite de lui ouvrir les yeux. Elle n'était pas faite pour les liaisons libres si, pour Krystof, cela signifiait qu'il pouvait fréquenter d'autres femmes tout en entretenant une relation intime avec elle.

1.

Grèce, île du Ludus, septembre.

Adara vérifia encore une fois le calendrier de sa tablette numérique. Elle avait du retard. Beaucoup de retard.

Aurait-elle oublié d'indiquer le premier jour de ses règles par une petite croix comme elle le faisait d'habitude ? Il faudrait qu'elle trouve un moyen plus fiable. Mais en attendant, elle n'y comprenait rien.

Comment était-ce possible ? Elle n'avait pas couché avec Krystof depuis plusieurs mois. Quand, après le malheureux épisode du palace parisien, il lui avait envoyé un message lui proposant une date pour leur prochaine rencontre, Adara en avait profité pour lui annoncer sans détour que tout était terminé entre eux puis avait bloqué son numéro.

Après Krystof, il n'y avait eu personne d'autre. En outre, elle se rappelait très bien avoir eu ses règles quelques jours après le dernier week-end passé avec lui. Alors que se passait-il ? Elle ne se sentait pas différente. Un peu fatiguée, mais elle attribuait cette baisse d'énergie à son emploi du temps chargé. Non seulement le Ludus était complet, mais Adara formait une nouvelle assistante depuis six mois.

Elle fit un test de grossesse qui, comme elle s'y attendait, s'avéra négatif.

Après trois autres tests, tous négatifs, elle fut bien forcée d'admettre qu'il y avait un problème. Sans doute dû au manque de sommeil ou au stress. Dès qu'elle aurait surmonté la rupture avec Krystof, tout rentrerait dans l'ordre.

Adara avait toujours su qu'il était tout sauf conventionnel et, en vérité, Krystof l'avait attiré, entre autres, à cause de cette désinvolture qu'il affichait vis-à-vis de tout et de son ouverture d'esprit. Elle avait été si charmée par le style de vie décontracté et libre de cet homme superbe, qu'elle s'était peu à peu investie à son insu dans cette relation. Peut-être parce que, au fond d'elle-même, elle avait cru pouvoir le changer.

En fin de compte, elle s'était complètement leurrée sur ses propres capacités et limites. Les relations sans attaches n'étaient pas pour elle. Encore moins une liaison avec un homme qui fréquentait d'autres femmes. D'autre part, elle s'était trompée en croyant changer Krystof. Il n'avait pas l'intention d'évoluer, dans aucun domaine. Avec le recul, Adara avait compris qu'elle avait été si fascinée par lui qu'elle en avait oublié ses propres besoins et limites.

Et maintenant elle payait le prix de cet égarement. Elle avait trop rêvé de ce qui pourrait être. Il lui suffisait de revoir en pensée Krystof serrant une autre femme dans ses bras pour sentir une douleur atroce et lancinante dans la poitrine.

Le dérèglement de ses cycles mensuels tombait à pic pour l'aider à se ressaisir. Elle avait la trentaine. Si elle voulait se marier et avoir des enfants, elle ne pouvait pas perdre son temps avec des hommes ne partageant pas ses objectifs. Et, de toute évidence, ceux de Krystof étaient complètement différents des siens. Il ne pouvait même pas envisager de s'installer quelque part. Il vivait au jour le jour, au gré de ses envies et se déplaçait dans le monde entier à bord d'un jet privé.

Drôle de vie, quand même…

Elle repoussa les pensées douloureuses qui l'assaillaient. Mieux valait se concentrer sur le travail plutôt que d'affronter la souffrance qui lui étreignait la poitrine. Sans parler de ce problème gynécologique. Elle s'en occuperait plus tard. Dans l'immédiat, Adara devait s'installer dans la suite mise à sa disposition au Ludus par Hermione, sa meilleure amie, et Atlas. Ils lui avaient en effet proposé de l'héberger sur place pour lui faciliter la tâche, puisque, en plus de son travail habituel, elle devait superviser les derniers préparatifs de leur mariage qui aurait lieu dans dix jours.

Depuis ses débuts au Ludus, au sortir de l'université, c'était la première fois qu'elle faisait partie des hôtes. Elle se sentait presque… intimidée de se retrouver de l'autre côté de la barrière, en quelque sorte, du côté des riches et célèbres qui séjournaient sur l'île.

Adara entra dans sa suite en poussant sa valise à roulettes, puis appuya sur l'interrupteur et s'avança jusqu'au centre de la pièce baignée d'une douce lumière dorée.

Elle avait grandi dans une maison modeste, dans un petit village situé au nord d'Athènes, entourée de parents affectueux qui lui avaient appris à être responsable et raisonnable. Plus tard, ils l'avaient encouragée à accepter le poste de cheffe concierge au Ludus, bien que cela oblige leur fille unique à s'installer loin d'eux. Peu de temps après son départ, ils avaient trouvé la mort dans un accident de voiture alors qu'ils s'offraient les vacances en Irlande dont ils rêvaient depuis longtemps. Leur disparition avait profondément affecté Adara et bouleversé son existence.

Il lui avait fallu deux années pour s'habituer à l'idée que ses parents ne faisaient plus partie de sa vie. Leur mort avait laissé un vide abyssal dans son cœur. Elle s'était raccrochée à son travail et à ceux et celles qui l'entouraient et étaient vite devenus des amis. Sans eux, et sans Hermione et Indigo, Adara ne savait pas ce qu'elle aurait fait.

Immobile au milieu du salon, elle contempla les deux sofas blancs, la longue table basse constituée d'une structure en bois et acier et d'un plateau de verre, le bouquet de fleurs multicolores. Au moment où elle tournait les yeux vers l'immense baie vitrée, un petit *ding* annonça l'arrivée d'un message – et lui rappela du même coup qu'elle ne faisait pas vraiment partie des hôtes de l'hôtel mais était une employée occupant un poste qui consistait entre autres à veiller à ce que les souhaits des vrais hôtes soient exaucés.

Sortant son smartphone de sa poche, elle trouva un SMS d'Hermione qui lui demandait si elles pouvaient se voir maintenant. Un peu surprise, car elle venait à peine d'arriver, Adara lui répondit aussitôt, craignant qu'il y ait un problème.

Bien sûr. Où es-tu ?

Son amie ne tarda pas à répondre.

À l'appartement.

Adara abandonna sa valise au beau milieu de la pièce, ressortit de la suite et avança rapidement dans le couloir.

Quelques instants plus tard, elle arriva devant l'ascenseur privé et appuya sur l'Interphone. Les portes miroir s'ouvrirent instantanément, comme si Hermione attendait son appel.

Il devait vraiment y avoir un problème…

Situé au dernier étage de l'hôtel, le somptueux appartement du propriétaire offrait une vue panoramique d'une beauté à couper le souffle. Construit par le roi Georgios, l'établissement portait sa signature et ressemblait en vérité à un palais.

Lorsque Adara sortit de l'ascenseur, elle avança dans la vaste entrée aux murs blancs sans prêter attention au grand tableau qui y était accroché, pressée de rejoindre Hermione qui l'attendait devant la porte ouverte du salon, les sourcils froncés.

— Merci d'être venue aussi vite, dit cette dernière en s'effaçant pour laisser Adara entrer.

L'immense salon était plus désordonné que d'habitude, des cartons ouverts ou fermés étaient posés çà et là, il y avait des magazines de décoration et de mariage sur la table basse et deux valises devant le sofa.

— Tu prépares déjà les bagages pour votre lune de miel ? demanda-t-elle à Hermione.

— Non. Nous allons rendre visite au père d'Atlas.

Sachant qu'Atlas entretenait une relation très problématique avec son père, qu'il n'avait pas vu depuis des années, Adara dévisagea son amie en silence.

— Il a été hospitalisé, et j'ai réussi à persuader Atlas d'aller le voir. Je l'accompagne, bien sûr.

— Oh. Je suis désolée. Qu'est-ce que je peux faire pour vous aider ?

Hermione promena son regard sur la pièce en désordre.

— Peux-tu prendre le relais et superviser les préparatifs du mariage ? C'est un peu le bazar, ici, je sais, mais nous sommes dans les temps.

— Pas de problème. Et si jamais vous avez besoin de repousser la date, je peux m'en occuper aussi.

— J'en ai parlé à Atlas, mais il a refusé net. Tu sais qu'il entretient une mauvaise relation avec son père.

Adara acquiesça d'un hochement de tête.

— Il a dit qu'il ne le laisserait pas lui gâcher son mariage, poursuivit Hermione. Ils ne se sont pas vus depuis des années, mais j'espère qu'il y a une possibilité de réconciliation. C'est peut-être trop attendre d'eux, mais je crains hélas que ce soit leur dernière chance de se raccommoder.

— Tu as besoin d'autre chose ?

— Non. Seulement que tu veilles à ce que tout soit prêt à temps. Il ne reste pas grand-chose à faire, alors tu devrais t'en sortir sans difficulté. Mais s'il y avait un problème, pourrais-tu t'en occuper ?

— Bien sûr.

Elles avaient quasiment tout réglé. Quel problème pourrait-il y avoir ?

— Quand comptez-vous rentrer ? demanda Adara.

— Je ne sais pas trop, répondit son amie en prenant son sac posé sur le sofa.

Elle l'ouvrit, en vérifia le contenu, puis le referma.

— Au téléphone, l'infirmière de l'hôpital n'a pas donné de détails, dit-elle en plissant le front. La seule chose qu'on sait, c'est que le père d'Atlas est dans un état critique.

— Ça va aller, dit Adara en lui posant la main sur l'épaule. Essaie de ne pas trop t'inquiéter.

Hermione hocha la tête avant de regarder autour d'elle, comme si elle craignait d'oublier quelque chose, puis se tourna vers son amie.

— Je suis désolée de t'abandonner comme ça. Indigo doit arriver aujourd'hui, elle vient de rentrer de Rydiania. Et elle est prête à t'aider, tu la connais.

S'interrompant, elle sortit une carte magnétique de sa poche et la tendit à Adara.

— Tu en auras besoin. Tu es ici chez toi. Comme je te l'ai dit, nous ne savons pas combien de temps nous serons partis. Atlas pense régler ça en quarante-huit heures, mais j'espère qu'il changera d'avis une fois sur place.

— Ne t'inquiète pas. Je m'occupe de tout, déclara Adara en souriant.

Elles avancèrent toutes les deux vers l'ascenseur, chacune poussant une valise mais, avant d'entrer dans la cabine, Hermione s'arrêta et prit Adara dans ses bras.

— Qu'est-ce que je ferais sans toi… murmura-t-elle.

— Je pourrais te dire la même chose, répliqua Adara.

Une fois dans l'ascenseur qui descendait au rez-de-chaussée, elle passa mentalement en revue la liste des choses restant à faire avant le jour J.

Ce mariage serait l'événement le plus sensationnel qui ait jamais eu lieu sur l'île.

Il allait se retrouver au Ludus.

Krystof avait évité d'y revenir depuis qu'Adara avait brutalement rompu avec lui – par SMS – avant de bloquer purement et simplement son numéro. Et trois mois après, il ne l'avait toujours pas digéré.

Mais Atlas lui ayant demandé d'être son témoin il n'avait pas eu le choix. Le mariage n'aurait lieu que dans une dizaine de jours, mais il était arrivé plus tôt pour enlever le futur marié et l'emmener aux Baléares, histoire d'organiser un enterrement de vie de garçon digne de ce nom. Avec un peu de chance, il ne croiserait pas Adara avant leur départ.

Il n'avait plus rien à lui dire. Il ne pouvait même pas imaginer ce qui avait pu l'amener à se comporter de manière aussi… grossière. S'ils s'étaient disputés, passe encore… Mais ça n'avait pas été le cas. La dernière fois qu'ils s'étaient vus, sur cette île même, leur week-end s'était achevé sur un baiser des plus délectable et des plus prometteur. Et lors de leur dernière conversation téléphonique, il lui avait à nouveau proposé de partir avec lui la prochaine fois. Il lui avait même laissé choisir leur destination, et Adara avait promis d'y réfléchir. Alors pourquoi ce revirement incompréhensible ?

La question le hantait malgré lui. Krystof brûlait d'en connaître la réponse, mais il se garderait bien de l'interroger, même si les moments délicieux partagés avec elle lui manquaient. Il était mieux seul. Il l'avait quasiment toujours été.

Il repoussa les images troublantes qui resurgissaient dans son esprit. Dans l'immédiat, il devait se concentrer sur un enterrement de vie de garçon. En vérité, il n'arrivait pas encore à croire que celui qu'il considérait comme un frère allait se marier. Atlas ayant comme lui vécu une enfance et une adolescence difficiles, Krystof avait toujours pensé qu'ils resteraient tous les deux célibataires. Mais depuis qu'il avait rencontré Hermione, tout avait changé. Krystof comprenait très bien que son ami soit fou de cette femme adorable et qu'il souhaite passer le plus de temps possible avec elle, mais pourquoi s'engager à vie ?

L'amour toujours n'existait pas. Les relations amoureuses ne duraient jamais. Il suffisait de regarder les statistiques.

Personnellement, Krystof n'avait même pas besoin de les consulter. L'histoire de son enfance, dans le nord de la Grèce, lui suffisait. Il n'avait pas connu ses parents biologiques et avait été ballotté de famille d'accueil en famille d'accueil. Son QI élevé lui avait valu beaucoup d'ennuis, et d'être rapidement catalogué comme enfant à problèmes.

Sa vie était remplie de relations aussi brèves que nocives. Il avait appris à garder les autres à distance, à l'exception de deux personnes : son ami Atlas et sa sœur adoptive, Celeste, qui avait refusé de le laisser disparaître de sa vie.

Lorsque Atlas lui avait annoncé qu'il allait se marier, Krystof avait été surpris, naturellement. Quand son ami lui avait demandé d'être son témoin, qu'aurait-il pu objecter ? Refuser au prétexte qu'il ne croyait pas au mariage ? Il pouvait être cruel, mais pas à ce point. Alors il avait accepté, tout en restant persuadé qu'Atlas commettait une erreur.

Et maintenant il allait emmener son ami à Ibiza, île réputée pour sa vie nocturne. Ils allaient en profiter au maximum. Krystof n'avait rien prévu de précis. Il était toujours ouvert à toutes les éventualités et prêt à saisir toutes les opportunités.

Il avait invité le prince Istvan de Rydiania, qui devait les rejoindre là-bas. Krystof avait aussi convié certains de leurs anciens camarades de classe. Ce serait une bonne occasion de se revoir et de renouer le contact.

Venu en Grèce à bord de son jet privé, il avait atterri à Athènes puis pris le ferry qui faisait la navette entre l'île et le continent, avant de terminer le trajet au volant d'une voiture de location.

Et il arrivait maintenant au Ludus. Après s'être garé

devant l'entrée principale, il traversa bientôt le magnifique hall au sol en marbre blanc et se retrouva soudain nez à nez avec Atlas.

— Ça alors ! Je ne m'attendais pas à ce que tu sois aussi pressé de t'en aller ! Je pensais partir dans la matinée, mais on peut y aller dès maintenant, si tu veux.

Krystof sourit à son vieil ami.

— Tu vas chercher ta valise ?

— Il y a eu un changement de programme, dit sombrement Atlas.

— Ah. Tu préfères aller autre part ? Pas de problème. J'appelle les autres et…

— Non, ce n'est pas cela. Je ne peux pas aller à Ibiza.

— Qu'est-ce que tu racontes ?

Il ne parle pas sérieusement !

— Si cela a quelque chose à voir avec Hermione, tu peux la rassurer : je promets de ne pas faire de folies, déclara Krystof avec assurance.

Atlas haussa un sourcil puis secoua la tête.

— Tu penses vraiment qu'Hermione croirait ce mensonge ?

Krystof sourit de plus belle.

— Pourquoi douterait-elle de ma parole ? Je suis un type sérieux, tout le monde te le dira. Enfin, peut-être pas tout le monde… Mais la plupart des gens qui me connaissent m'adorent.

Sauf Adara, manifestement.

— Tu n'as pas de problème d'ego, toi, hein ? fit Atlas en roulant des yeux.

— Pas que je sache, acquiesça Krystof avec humour.

Son ami laissa échapper un rire bref.

— Tu ne me facilites pas la tâche, mon vieux, mais je ne peux vraiment pas partir avec toi à Ibiza. Quelque chose est arrivé à mon père, et nous partons le voir à l'hôpital.

— Tu es sûr que tu veux le voir ? répliqua Krystof, abasourdi.

— Hermione pense que nous devons y aller, répondit Atlas avec un haussement d'épaules.

— Elle ne comprend pas. C'est normal. Elle n'était pas là, à l'époque.

Atlas se passa la main dans les cheveux en soupirant.

— Je ne sais pas trop… Beaucoup de temps a passé, depuis. Lorsque j'ai appris que ma mère m'avait légué l'île et la station balnéaire, j'étais fou furieux contre elle et je ne voulais pas en entendre parler. Mais je suis venu, et j'ai découvert que je m'étais terriblement trompé sur elle.

— Oui, mais c'est différent, là. Il s'agit de ton père. Et lui, il ne s'est pas contenté de partir. Il a fait de ta vie un enfer.

— Je sais, je sais.

Et pourtant, il allait voir ce salaud. Krystof était inquiet pour lui. Atlas n'avait pas besoin de cette épreuve. Mais apparemment, il avait pris sa décision et ne changerait pas d'avis.

— Je peux faire quelque chose pour toi ?

— Hermione a proposé de repousser la date de notre mariage, mais j'ai refusé. Mon père m'a privé de beaucoup de choses, je ne le laisserai pas me voler cela aussi.

Il s'interrompit un instant avant de demander :

— Cela t'ennuierait de rester ici et d'aider Adara à s'occuper des derniers préparatifs ? Je sais qu'il s'est passé quelque chose entre vous, alors si c'est trop te demander, je comprendrais que tu refuses, ne t'en fais pas.

Quoi ? Il allait se retrouver seul avec Adara ? Pas terrible, comme perspective. C'était même une très mauvaise idée. Mais, soudain, une pensée le traversa. Adara aurait une foule de choses à gérer, mais il pourrait peut-être trouver un moyen de la détourner de son travail et de bavarder un peu avec elle. Et il saurait enfin pourquoi elle l'avait plaqué du jour au lendemain, sans la moindre explication.

— OK. Je reste.

— Tu es sûr ?

— Sûr et certain. Tu peux compter sur moi.

— Et ça ira, avec Adara ?

— Je vais lui parler, tout va s'arranger.

Atlas fronça les sourcils.

— Tu me parais bien sûr de toi…

— Ne t'inquiète pas, mon vieux. Je gère la situation.

— Ah ? Où est passé le Krystof que je connais ? Qu'as-tu fait de lui ? Aux dernières nouvelles, tu prenais la fuite à la première complication.

— Tu as peut-être un nouveau Krystof devant toi.

Avait-il bien prononcé ces paroles ? Atlas avait l'air aussi surpris que lui.

— J'ai affronté des situations plus compliquées, enchaîna-t-il à la hâte. Et je m'en suis toujours sorti.

— Tu vas peut-être me dire aussi que tu as l'habitude d'aider à préparer un mariage ? répliqua son ami en haussant un sourcil. À moins que tu acceptes de rester pour un motif que j'ignore… ?

— Ah, tu es là, Atlas. Tu as sorti la voiture ? demanda Hermione en s'approchant d'eux.

Ouf. L'arrivée d'Hermione mettait fin à l'interrogatoire.

Atlas se tourna vers elle en souriant.

— J'allais le faire lorsque je suis tombé sur Krystof.

Il s'interrompit et se pencha pour déposer un petit baiser sur les lèvres de sa fiancée.

— Et comme je n'avais pas eu le temps de le prévenir, je lui ai expliqué la situation, acheva Atlas.

— Bonjour, Krystof, dit Hermione en le serrant brièvement dans ses bras. Je suis vraiment désolée que cette histoire bouleverse complètement vos projets.

— Pas de problème. Je comprends. Je vais envoyer un message aux autres pour leur expliquer que tout est annulé. Et j'espère que tout ira bien pour vous. Prenez ma voiture, je l'ai garée devant l'entrée principale.

Ils le remercièrent tous les deux avec chaleur et lui promirent de revenir le plus vite possible, tandis que Krystof les accompagnait pour prendre ses bagages. Après leur avoir souhaité bon voyage, il repartit en sens inverse et s'arrêta un instant avant d'entrer dans le grand hall. Il n'était pas pressé de revoir Adara.

Ah non ? Alors pourquoi cet irrépressible frisson à la simple perspective de l'avoir en face de lui ?

Parce qu'il ne pouvait pas renoncer. Il devait découvrir la raison du brusque retrait d'Adara. Depuis leur séparation, aucune femme n'avait réussi à retenir son attention. Adara s'était installée dans sa vie. Sans elle, il éprouvait une sorte de vide. De manque. Quand ils se fréquentaient encore, Krystof en était presque arrivé à envisager de s'installer quelque part, bon sang !

L'un des habitués du Ludus lui avait-il tourné la tête ? se demanda-t-il soudain. Avait-elle rencontré un autre homme ? Était-ce pour cela qu'elle l'avait plaqué sans explications ?

Krystof serra les mâchoires. Le simple fait de l'imaginer dans le lit d'un autre lui était insupportable.

2.

Tout irait bien. Le mariage serait sensationnel, se répéta Adara. Elle y veillerait.

Si seulement il n'y avait pas eu ce nuage sombre planant au-dessus de sa tête. Elle s'en voulait d'avoir fait une recherche sur Internet pour essayer de trouver la cause de son retard de règles. Au lieu de se sentir mieux comme elle l'avait espéré, elle se sentait encore plus mal.

Elle tendit la main vers son téléphone. Elle avait trop repoussé ce moment. Mais quand elle eut la secrétaire du gynécologue au bout du fil, Adara apprit qu'aucun rendez-vous n'était possible avant le lundi suivant. Autrement dit, dans cinq jours, ce qui lui parut une éternité.

Mais, bon, elle saurait ce qui clochait avant d'affronter l'épreuve qui l'attendait – revoir Krystof, le meilleur ami et témoin d'Atlas.

Cela ferait bientôt trois mois qu'ils ne s'étaient pas parlé. Adara continuait à lui en vouloir de n'être qu'un play-boy, et à se reprocher d'avoir imaginé des choses qui n'existaient pas. Elle ne referait pas la même erreur. Krystof appartenait désormais au passé, point final.

Heureusement, il n'arriverait qu'au dernier moment, juste avant la cérémonie. Il ne restait jamais longtemps au même endroit et repartirait sans doute aussitôt après la réception. Ce serait parfait. Elle saurait gérer cette brève rencontre.

Après avoir veillé à ce que les souhaits des hôtes soient exaucés – elle avait eu toutes sortes de demandes ce jour-là, notamment en ce qui concernait le déjeuner –, Adara alla retrouver son amie Indigo qui venait d'arriver. Artiste de talent, cette dernière continuait à faire des portraits rapides pour les hôtes du Ludus. Mais sa vie était bien remplie, maintenant qu'elle partageait son temps entre Athènes et le royaume de Rydiania où vivait le beau prince qui serait bientôt son époux. À croire que les contes de fées existaient réellement… pour certaines personnes.

Une fois arrivée dans sa suite, elle sortit sa tablette et parcourut de nouveau la liste établie avec soin et précision.

Elles avaient travaillé dur, si bien qu'il ne restait pas grand-chose à faire. Tout se passerait sans incident. L'image de Krystof serrant l'inconnue dans ses bras resurgit dans son esprit. D'accord, il y aurait peut-être une petite anicroche. Un frisson la parcourut.

Et s'il venait accompagné de la femme aperçue dans le couloir du palace parisien ?

Non, rien à craindre de ce côté-là. Parce que venir au mariage avec une petite amie ce serait s'afficher publiquement en couple. Et, cela, c'était inconcevable pour Krystof, qui fuyait tout engagement comme la peste.

Rassurée, Adara reposa sa tablette en entendant quelqu'un frapper. Indigo.

— Tu es pile à l'heure, dit-elle en ouvrant grand la porte.

Son cœur s'arrêta de battre. C'était Krystof qui se tenait sur le seuil, pas Indigo. Elle cligna les yeux, mais elle n'était pas victime d'une hallucination. Il était bien là, en chair et en os.

— Qu'est-ce que tu fais ici ?

Un éclat farouche traversa fugacement les yeux sombres.

— Tu ne m'invites pas à entrer ? demanda-t-il d'un ton détaché.

Elle lui aurait bien refermé la porte au nez, mais il y avait des gens dans le couloir. Inutile de se donner en spectacle.

— Si tu insistes, dit-elle en s'effaçant pour le laisser passer.

— Quel accueil chaleureux, répliqua-t-il, sarcastique. Je t'ai beaucoup manqué, on dirait.

— Que veux-tu ? demanda sèchement Adara en refermant la porte. La date du mariage n'a pas été avancée, que je sache ?

Sans se troubler, il promena son regard dans la pièce, puis se retourna vers elle.

— Je veux savoir pourquoi tu refuses de me parler, dit-il, la voix vibrante de colère. Tu es allée jusqu'à bloquer mon numéro. Tu m'as rayé de ta vie, alors que je n'avais rien fait pour mériter un tel traitement !

Croyait-il vraiment qu'elle n'avait pas compris qu'elle ne faisait que passer dans sa vie ? Que pour lui, elle n'était qu'un numéro d'une très longue liste ?

Adara croisa les bras. Elle n'avait pas de temps à perdre avec ce genre de discussion. Indigo allait arriver d'un instant à l'autre.

— J'ai autre chose à faire que discuter avec toi.

— Ah, non, tu ne te débarrasseras pas de moi aussi facilement ! Je ne partirai pas avant que tu ne te sois expliquée.

Il refusait d'admettre qu'il voyait d'autres femmes ? Très bien, elle pouvait mentir aussi.

— Nous avons vécu une liaison passagère, qui est maintenant terminée.

— Il y a un autre homme, c'est cela ? demanda-t-il en scrutant son regard.

Elle s'interdit de baisser les yeux. Elle n'avouerait pas qu'elle était allée à Paris croyant le surprendre, et que c'était elle qui avait eu une surprise. Et une très mauvaise !

— S'il y avait quelqu'un d'autre, tu me laisserais tranquille ?

— Non.

— Je vois. Désolée, mais j'ai du travail, déclara-t-elle en se détournant pour rouvrir la porte.

— Pas si vite. Je viens de la part d'Hermione et Atlas.

Elle lâcha la poignée et fit volte-face.

— Pardon ?

— Ils m'ont demandé de rester pour t'aider avec les derniers préparatifs du mariage.

Un petit rire incrédule échappa à Adara.

— Toi ? M'aider à préparer un mariage ?

Il haussa les épaules.

— Pourquoi pas ?

Ainsi, il ne plaisantait pas…

— Hermione m'a chargée de m'occuper personnellement de tout ce qu'il reste à faire. Par conséquent, je n'ai pas besoin de ton aide.

— Je ne doute pas que vous ayez tout organisé, jusqu'au plan de table, mais vu qu'il reste des détails à régler, il y aura forcément quelques petits problèmes, c'est inévitable.

— Et tu penses être la personne idéale pour t'en occuper ? riposta Adara, agacée par l'assurance de Krystof. Je regrette, mais je ne partage pas ton avis. En matière de mariage, tu es au contraire la dernière personne à qui je demanderais de l'aide.

Il baissa les yeux sur la tablette posée sur la table basse.

— Je parie que si je lisais tes notes, je comblerais très vite mes lacunes.

— Peut-être, mais cela devra attendre, répliqua-t-elle en jetant un coup d'œil à sa montre connectée.

Puis elle lui tourna le dos et ouvrit la porte.

— Si tu veux bien t'en aller, j'ai un rendez-vous dans cinq minutes.

— Tu ne pourras pas m'éviter indéfiniment, dit-il avec calme en passant devant elle.

Peut-être pas. Mais elle ferait tout pour retarder l'inévitable.

Adara carra les épaules et referma la porte, sortit son smartphone de sa poche et rédigea un SMS à l'intention d'Hermione.

Tu savais que Krystof était là ?

Pas de réponse. Elle traversa le salon et s'arrêta devant la baie vitrée. Comment gérer la présence de ce dernier sans ses amis pour servir de tampon entre elle et lui ?

Ding.

Désolée. Je n'ai pas eu le temps de te prévenir. J'espère que ce n'est pas trop lourd pour toi.

Hermione avait déjà assez de soucis, inutile de l'encombrer avec ses problèmes personnels.

Nous allons nous en sortir. Comment ça va de votre côté ?

Son amie répondit aussitôt.

Le père d'Atlas a eu un infarctus. Pas plus de détails pour l'instant.

Aïe… C'était plus grave qu'Adara ne l'avait pensé.

Je suis vraiment désolée.

Je t'en dirai plus dès que nous aurons vu l'équipe de soignants.

OK. Ne t'inquiète pas pour moi. Je contrôle la situation.

Tu es la meilleure. Merci !

Adara reposa son smartphone. Tout irait bien, se répéta-t-elle. Que pouvait-il arriver ? Les commandes étaient finalisées, les livraisons planifiées. Ne restait plus qu'à s'assurer de leur bonne réception. Oui, tout irait bien. Mais elle ne pouvait pas être aussi affirmative concernant ses rapports avec Krystof, hélas.

Cela n'aurait pas dû le tracasser. Mais c'était plus fort que lui. Krystof sentait qu'Adara lui cachait quelque chose. Elle n'était pas du genre à faire des mystères, alors si elle avait rencontré un autre homme, pourquoi ne le lui disait-elle pas, tout simplement ?

Peut-être estimait-elle que cela ne le regardait pas. C'était lui qui avait insisté pour une liaison libre et sans attaches, après tout. Cependant, surtout maintenant qu'il l'avait revue, il avait le sentiment que leur histoire n'était pas terminée. Même si Adara persistait à dresser un mur entre eux.

De son côté, Krystof lui avait toujours été fidèle. Depuis leur rencontre en février, il n'avait approché aucune autre femme, ne s'était livré à aucune ébauche de flirt. Quand il était avec Adara, il se sentait... spécial. Elle semblait vraiment l'écouter et s'intéresser à ce qu'il disait. Ils s'entendaient si bien, prenaient tant de plaisir à se voir, à être ensemble, que leur liaison avait duré plusieurs mois, ce qui n'était pas dans ses habitudes. S'il réussissait à éclaircir ce qui ne pouvait être qu'un malentendu, ils pourraient reprendre leur relation. Mais comment convaincre Adara de se confier à lui ?

Sentant poindre le mal de tête, il se massa la nuque. Une chose était certaine : il ne quitterait pas l'île sans avoir obtenu des réponses franches et directes.

Son smartphone vibrant dans sa poche, il l'en sortit et vit s'afficher le nom d'Atlas.

— Salut, Atlas, comment ça va ?

— Nous venons de voir mon père. Son état est préoccupant. Nous avons profité de ce qu'il dormait pour aller prendre un café. Et pendant qu'Hermione est partie les commander, je me suis dit que je pourrais t'appeler. Tout va bien ? Tu as parlé avec Adara ?

— Ah... Non, je n'en ai pas encore eu la possibilité.

— Qu'est-ce que tu attends ? Je veux que rien ne gâche notre mariage. Ni mon père, ni tes problèmes de couple !

— Hé, nous ne sommes pas en couple, Adara et moi. On prenait du bon temps ensemble, c'est tout !

— Adara le savait ?

La question resta un instant en suspens.

— Bien sûr qu'elle le savait. Nous avons été très clairs l'un avec l'autre dès le début.

— Le jour de la Saint-Valentin, tu veux dire ?

— Oui.

— Tu te rends compte que cela remonte à plusieurs mois ? Et tu l'as vue plutôt régulièrement depuis, non ? Elle a peut-être cru que quelque chose de plus sérieux se développait entre vous.

Krystof refusa farouchement d'envisager cette éventualité. Il n'avait jamais rien dit qui puisse encourager Adara à entretenir ce genre d'espoir. Pour la simple raison qu'il ne voulait pas lui faire de mal.

— Nous nous entendions très bien, c'est tout.

— Tu es sûr ?

Était-ce vraiment tout ? Krystof refoula aussitôt la question.

— Certain. Je n'ai rien fait pour mériter d'être plaqué sans la moindre explication.

— Si tu le dis…

— C'est vrai !

— Alors garde tes distances vis-à-vis d'elle.

— Pardon ? Tu plaisantes ?

— Non, Krystof. Tu as forcément fait quelque chose qui l'a blessée. Alors ne recommence pas, s'il te plaît.

— Et si je refuse de garder mes distances ?

Silence.

— Ne me fais pas regretter de t'avoir choisi comme témoin, finit par dire Atlas. Je ne te demande pas grand-chose : seulement de ne pas gâcher mon mariage.

— Tu peux compter sur moi, déclara Krystof.

— Merci. Je savais que tu comprendrais. Désolé, je dois te laisser. Hermione arrive, dit son ami avant de raccrocher.

Quelle situation impossible. Il allait devoir résister au désir irrépressible d'attirer Adara contre lui et de l'embrasser à en perdre le souffle, comme il brûlait de le faire en ce moment même.

Jamais Atlas ne lui avait fait une telle demande, ni demandé un tel sacrifice. Mais lui-même affrontait une terrible épreuve puisque, juste avant son mariage, les circonstances l'obligeaient à revoir son père après tant d'années d'éloignement.

Par conséquent, il respecterait le souhait de son meilleur ami – mais pas avant d'avoir obtenu des explications d'Adara.

3.

Adara se laissa tomber dans son fauteuil ergonomique en soupirant. Elle était éreintée.

Les hôtes avaient parfois des souhaits extravagants, et la règle d'or du Ludus étant de se mettre en quatre pour les satisfaire, elle avait dû, entre autres, organiser un tour de l'île en hélicoptère pour un couple qui souhaitait admirer le coucher de soleil « en direct ».

Heureusement qu'elle avait pu éviter Krystof… Elle se revit le soir de la Saint-Valentin, quand il l'avait invitée à l'accompagner au bal. Il s'était montré si charmant, si attentionné. En vérité, il représentait tout ce qu'elle recherchait chez un homme. Ou du moins l'avait-elle pensé sur le moment. Et quand il lui avait proposé d'entamer « une liaison libre et sans attaches », Adara s'était surprise elle-même en acceptant aussitôt sa proposition – ce qu'elle n'aurait jamais fait avec un autre que lui. Mais Krystof était différent. Et il lui plaisait énormément.

Elle repoussa les souvenirs qui commençaient à défiler dans son esprit, résolue à ne pas retomber sous le charme de cet homme superbe. Elle savait à quoi s'en tenir sur lui, à présent.

Avec un peu d'espoir, il s'ennuierait vite sur l'île, sans Atlas, et s'en irait, puis reviendrait juste à temps pour le mariage. Et il n'y aurait pas de problèmes. D'autant qu'elle se débrouillerait très bien sans lui jusqu'au retour des futurs mariés.

Adara se redressa dans son fauteuil. Le moment était venu d'aller retrouver Indigo pour les essayages. Leurs robes ayant été livrées la veille, ainsi que la robe de mariée d'Hermione, elles avaient décidé de les essayer ensemble.

Avant de quitter son bureau, elle envoya un SMS à Indigo pour lui rappeler qu'elles devaient se retrouver dans sa suite. Elles avaient fait les derniers essayages en boutique, mais elles tenaient à vérifier que les robes livrées étaient parfaites. Ensuite, elles boiraient un verre de vin en bavardant.

Lorsqu'elle déboucha dans le couloir conduisant à sa suite, Indigo était déjà arrivée et faisait les cent pas devant sa porte. Apercevant Adara, elle s'immobilisa et lui sourit. De ce grand sourire lumineux qui ne la quittait quasiment plus depuis le jour où le prince Istvan lui avait fait sa déclaration et offert une bague sertie d'un rubis taillé en forme de cœur.

Adara ne lui avait jamais posé la question, mais elle était quasi certaine que la bague avait un rapport avec le « Cœur de Rubis » exposé à la galerie d'art du Ludus. Hermione avait affirmé que ce rubis avait joué un rôle dans son histoire d'amour avec Atlas. De son côté, Adara ne croyait pas aux légendes mais, par prudence, elle évitait de s'approcher de la galerie et du « Cœur de Rubis ». Le mariage d'amour n'était pas pour elle. Sa liaison bancale avec Krystof n'avait fait que le confirmer.

— Je ne t'ai pas fait attendre trop longtemps, j'espère ? demanda-t-elle en ouvrant la porte.

— Pas du tout. Comment va le père d'Atlas ?

Adara alla poser ses dossiers et sa tablette avant de se retourner vers son amie.

— Pas terrible. Ils vont devoir rester là-bas jusqu'à ce que son état se stabilise.

— Ça tombe vraiment mal !

— Comme tu dis…, soupira Adara. Croisons les doigts pour qu'ils ne soient pas obligés de repousser le mariage.

Elle sourit et baissa les yeux sur la bague de fiançailles d'Indigo.

— Et vous, vous avez fixé une date ?

Son amie secoua la tête.

— Quand tu épouses un prince, des tas de décisions t'échappent…

— Ah oui ? Même maintenant qu'Istvan ne fait plus partie de l'ordre de succession au trône ?

— Tu parles ! C'est encore plus compliqué ! Comme il a renoncé à la couronne, le roi et la reine veulent un mariage spectaculaire. Ils tiennent à montrer au monde entier que la famille royale est unie, tu comprends ?

— Je vois… Un mariage princier, donc…

Indigo acquiesça d'un hochement de tête, mais Adara devina que l'ingérence de la famille royale dans son mariage ne devait pas être facile à accepter.

Une pensée lui traversa soudain l'esprit.

— Hé, dois-je en déduire que tu vas devenir princesse ?

Son amie leva les yeux au ciel.

— Oui, rien que ça… Tu te rends compte ?

— Tu seras la meilleure princesse qui ait jamais existé, déclara Adara avec un sourire rassurant.

Indigo laissa échapper un petit rire incrédule.

— J'en doute fort, vu que je n'ai pas la moindre idée de ce qu'une princesse est censée faire. Et même quand je le saurai, je suis sûre que je ferai tout de travers !

— Certainement pas. Tu as un cœur immense. C'est exactement ce dont le palais a besoin.

— Je ne sais pas si mes futurs beaux-parents sont d'accord avec toi, vu que leur fils a renoncé à la couronne pour moi. Istvan te dirait qu'il avait d'autres raisons, bien sûr, mais je me sens tout de même en partie responsable.

— Mais tu ne m'as pas dit qu'il s'entendait mieux avec ses parents, maintenant ?

— Oui, c'est vrai. J'espère seulement qu'il ne regrettera jamais sa décision.

— Ça, ça m'étonnerait ! s'exclama Adara avec la plus grande sincérité. Il suffit de vous voir ensemble.

Quelqu'un toquant à la porte, elle alla ouvrir et s'effaça pour laisser entrer une employée poussant un portant auquel étaient suspendues des housses blanches. Après l'avoir remerciée, Adara revint vers le portant et vérifia les étiquettes.

— Celle-ci, c'est la tienne, dit-elle à Indigo.

Son amie la prit et l'étendit sur le sofa, puis fit glisser la fermeture Éclair et poussa une exclamation stupéfaite.

— Quelque chose ne va pas ? demanda Adara, inquiète.

— Ce n'est pas ma robe.

— Quoi ?

Indigo souleva la robe rose fuchsia rutilante de strass et faite d'une quantité incroyable de volants superposés. Rien à voir avec la coupe sobre qu'elles avaient choisie ensemble, et le bleu arctique choisi par Hermione. En outre, la robe était de toute évidence deux fois trop large pour Indigo.

Sans plus attendre, Adara fit glisser la fermeture Éclair de la housse censée contenir sa propre robe… et découvrit une autre robe couleur fuchsia, avec profusion de paillettes et de volants.

Son ventre se noua d'appréhension.

Où étaient leurs robes ?

— Où sont nos robes ? demanda Indigo, comme en écho.

— Va savoir…

Les mains légèrement tremblantes, Adara décrocha le cintre portant la troisième housse.

Pourvu que ce soit la robe de mariée d'Hermione…

Le cœur battant à tout rompre, elle fit glisser la fermeture Éclair. Il fallait que ce soit la bonne. Elle et Indigo réussiraient bien à se trouver d'autres robes, mais une robe de mariée, c'était plus difficile. On ne pouvait pas se précipiter dans la première boutique venue et acheter n'importe quoi.

Surtout quand la mariée n'était pas là et que l'on n'avait pas beaucoup de temps devant soi.

Elle inspira à fond tandis qu'Indigo venait la rejoindre. Puis elle écarta la housse et découvrit une robe blanc ivoire avec des ruches. Une quantité phénoménale de ruches.

La magnifique robe choisie par Hermione, blanc neige, n'en comportait aucune.

Atterrées, elles contemplèrent la robe en silence.

Quelle pagaille !

Surtout, ne pas paniquer, se dit Adara. Il suffisait d'appeler la boutique. Les clientes à qui leurs robes avaient été livrées par erreur devaient tenir autant qu'elles-mêmes à récupérer celles qu'elles avaient achetées.

— Il faut prévenir Hermione, déclara Indigo.

— Non. Ne l'embêtons pas avec cette histoire. Elle a des soucis plus importants en ce moment. Je vais appeler la boutique et le problème devrait être vite résolu.

— Tu as besoin de mon aide ?

— Pas pour l'instant. Mais plus tard tu pourras m'aider pour la décoration, si tu veux.

— Je t'aiderai avec plaisir. Fais-moi signe dès que tu auras besoin de moi.

Elles refermèrent les housses et suspendirent les cintres au portant, puis Indigo s'en alla. Après son départ, Adara examina les étiquettes mais le nom de la boutique n'était pas indiqué. Elle alla chercher les dossiers rapportés du bureau et trouva facilement celui où devaient être mentionnées les coordonnées de la boutique. Rien. Ni numéro de téléphone ni site Internet. Et comme par un fait exprès, impossible de se rappeler le nom de la boutique !

On frappa de nouveau à la porte. Pensant qu'Indigo revenait pour lui dire quelque chose, elle s'empressa d'aller ouvrir et retint un gémissement en voyant Krystof apparaître devant elle.

— Désolée, je n'ai vraiment pas le temps…

— Un problème ? demanda-t-il de sa belle voix grave.

Impossible de lui mentir, cette fois-ci. Il ne la lâcherait pas avant qu'elle ne lui ait dit la vérité.

Adara le regarda. Le regarda vraiment. Elle baissa les yeux sur les jambes bronzées, laissa remonter son regard sur le short bleu marine, le polo blanc mettant en valeur le torse musclé, les larges épaules…, s'attarda sur la mâchoire puissante, le menton volontaire. Seigneur, ces lèvres sensuelles qui, rien qu'à les regarder, détenaient le pouvoir de lui faire tout oublier et de ne plus désirer qu'une seule chose : les goûter…

Mais c'était fini, tout cela. Leur aventure était terminée. Elle s'était crue capable de vivre une liaison sans engagements, sans attaches, et elle s'était trompée. Elle ne pourrait jamais partager un homme. Le souvenir de Krystof tenant une autre femme dans ses bras rejaillit, si vivace qu'Adara tressaillit.

Au même instant, son regard croisa celui de Krystof et elle y vit une lueur amusée. Se rendant compte qu'elle l'avait dévoré des yeux, elle serra les mâchoires et se maudit. Peu importait qu'il soit beau comme un dieu et un amant fabuleux, il n'était plus à elle et ne le serait plus jamais.

Il ne l'avait jamais été, de toute façon.

— Qu'est-ce que tu veux ? Tu ne vois pas que je suis occupée ?

— Il y a un problème, ne me dis pas le contraire. C'est en rapport avec le mariage ?

Si elle mentait, partirait-il ? Pas forcément. D'autre part, à quoi bon lui cacher la vérité.

— Tu me promets que cela restera entre nous ?

— Évidemment, dit-il en fronçant les sourcils. C'est grave ?

— Tout dépend de ce que l'on entend par grave, soupira Adara. Mais je n'avais vraiment pas besoin de ça ! Les robes qui nous ont été livrées hier ne sont pas les bonnes.

— Pas les bonnes ? Et tu ne t'en étais pas rendu compte ?

— Je n'y suis pour rien ! protesta-t-elle, outrée. Je n'avais pas encore eu le temps de vérifier. Je te rappelle qu'il y a des gens qui doivent travailler pour gagner leur vie !

Un éclair courroucé traversa les yeux bruns, avant de disparaître aussitôt.

— C'est irréparable ? demanda Krystof avec calme. Tu ne peux pas les faire retoucher ou…

— Tu te moques de moi ?

Pas du tout, il était parfaitement sérieux, constata Adara.

— Non. Il faut absolument récupérer celles que nous avons achetées. Ce n'est ni la bonne couleur, ni la bonne taille, ni la bonne coupe.

— Je vois. Il y a vraiment un problème.

— En effet. Alors si tu veux bien me laisser, je vais essayer de trouver les coordonnées de la boutique et leur demander de m'attendre avant de fermer.

Sur ces paroles, elle baissa les yeux sur le dossier qu'elle tenait toujours à la main et se concentra sur les factures qu'il contenait. Elle sentait le regard de Krystof sur elle, mais elle s'interdit de lever les yeux. Elle n'avait pas envie de lui parler. Elle avait déjà perdu assez de temps à cause de lui. Sauf que sa proximité la troublait malgré elle. La merveilleuse chaleur virile se propageait dans tout son corps, impossible à endiguer.

Mais pourquoi était-il aussi attirant, aussi sexy – et aussi agaçant ?

Il aurait dû s'en aller, en effet. Cette histoire de robes égarées ne le concernait pas.

Et pourtant Adara paraissait si inquiète qu'il avait envie de l'aider. C'était plus fort que lui. Krystof regarda les cheveux bruns parsemés de mèches plus claires aux reflets caramel, la longue tresse passée devant l'épaule ronde. La frange s'arrêtant au ras des sourcils légèrement froncés.

Elle ne renoncerait pas avant d'avoir retrouvé les robes commandées et obtenu qu'on les lui livre illico.

Le mariage, ce n'était décidément pas son truc. Et puis, il ne s'agissait que de robes, après tout. Il suffisait d'en acheter d'autres, non ? Mais il avait eu l'occasion de constater que pour certaines femmes, le mariage était une affaire très sérieuse. Croyaient-elles vraiment en l'amour éternel ? Pas lui, en tout cas.

Son regard descendit malgré lui sur la belle bouche pulpeuse d'Adara qui composait un numéro puis s'avançait vers la baie vitrée, le téléphone collé à l'oreille. Elle resta immobile quelques instants, avant de se retourner vers lui en plissant le front.

— Il n'y a personne ? demanda-t-il. La boutique est déjà fermée ?

— On dirait. Alors qu'elle devrait être encore ouverte à cette heure-ci.

— Ils ont peut-être trop de monde. Réessaie.

À sa grande surprise, elle suivit son conseil et se mit à arpenter la pièce tandis que Krystof entendait la sonnerie résonner dans le vide.

— Je ne comprends pas, dit Adara. Nous y sommes allées plusieurs fois, et c'était toujours ouvert.

— Quel est le nom de la boutique ? demanda-t-il en sortant son smartphone.

Il avait à peine entré le nom dans le moteur de recherche que le site Internet de la boutique apparut sur l'écran.

— D'après leur site, ils devraient être ouverts jusqu'à 18 heures, en effet.

— Il est à peine 16 heures !

— On devrait peut-être aller y faire un tour ?

— Bonne idée. J'emporte les robes.

Adara empoigna son sac à main et prit les robes protégées

par des housses blanches. Quand elle sortit, Krystof la suivit sans dire un mot. Elle referma la porte et avança dans le couloir tandis qu'il lui emboîtait le pas. Inutile de lui proposer de l'aider, elle refuserait…

Arrivée au milieu du grand hall, elle s'arrêta si brusquement qu'il faillit la heurter. Elle fit volte-face et faillit perdre l'équilibre, gênée par son sac et les robes. Il la prit aussitôt par la taille pour la stabiliser.

Le temps s'arrêta. Il plongea son regard dans le sien. Son pouls s'accéléra. Cela faisait des semaines, des mois, qu'il attendait ce moment. Lorsqu'il fermait les yeux le soir, il la tenait enlacée et prenait sa bouche.

Krystof baissa les yeux sur les lèvres pulpeuses. Rien d'autre n'existait plus que le désir de l'embrasser. Les mois passés sans la voir se transformèrent en années. Adara lui avait terriblement manqué. Bien plus qu'il n'avait bien voulu le reconnaître. Mais il ne pouvait céder à ce désir. Pas encore. Pas avant de savoir pourquoi elle l'avait rejeté.

Son regard s'attarda sur la bouche dont il se rappelait si bien le goût. Le sourire d'Adara lui avait manqué, le rire perlé qu'il aimait tant. Elle lui avait manqué tout entière. Cependant, il ne la supplierait pas de revenir à lui si elle n'était pas intéressée. Pas question. Il ne suppliait jamais.

En revanche, elle avait peut-être besoin qu'il lui rappelle ce qu'ils avaient partagé ? Krystof baissa de nouveau les yeux sur la belle bouche nue. Étrange, Adara se maquillait toujours avant d'aller travailler… Aurait-elle été distraite, ce matin ? Et si oui, par quoi ? Ou par qui ?

Au prix d'un suprême effort de volonté, il lui lâcha la taille et recula d'un pas.

De son côté, elle reprit aussitôt ses esprits et redressa le menton.

— Qu'est-ce que tu fais ?

— Je t'empêchais de tomber.

— Non, je ne parle pas de cela. Pourquoi me suis-tu ?

— Euh… Je t'accompagne jusqu'à ta voiture.

— Non.

— OK. Je viens avec toi pour t'aider à régler ce problème de robes.

— Tu ne m'accompagnes nulle part. Je m'en occupe. Tu n'as qu'à… aller te balader sur la plage ou jouer aux cartes.

Sur ces mots, elle se détourna et poursuivit son chemin.

Jouer ne l'intéressait que moyennement, ces temps-ci. Des années plus tôt, les cartes lui avaient permis de se sortir rapidement de la pauvreté. Doté d'une mémoire photographique et d'un QI élevé qui lui avaient permis d'obtenir une bourse et d'étudier dans une université prestigieuse, Krystof avait en effet découvert qu'il excellait, entre autres, au poker.

Mais depuis quelque temps sa passion du jeu s'était émoussée. Il ne l'avait confié à personne, laissant tout le monde présumer qu'il allait de casino en casino, alors qu'il aimait voyager, tout simplement. Il lui arrivait parfois de jouer mais, la plupart du temps, il se concentrait sur la programmation. Le langage informatique lui faisait l'effet d'un puzzle et représentait un défi encore plus excitant que les cartes.

Quand il avait fondé et lancé un réseau social, MyPost, cela avait d'abord été un moyen de connecter les grands joueurs entre eux et d'organiser des tournois. Ensuite, MyPost avait commencé à se développer et, maintenant, une équipe gérait la plate-forme, permettant ainsi à Krystof de continuer sa vie nomade.

— Je t'accompagne, dit-il en suivant Adara, mais à un bon mètre de distance pour éviter tout risque de collision.

Elle se retourna, exaspérée.

— Tu vas vraiment rester jusqu'au mariage ?

— Oui.

— Il n'y a pas moyen de t'en dissuader ?

— Non, déclara-t-il en baissant les yeux sur sa Rolex. On perd du temps.

Elle le dévisagea un instant en silence, le front plissé.

— Très bien. Mais une fois à la boutique, tu me laisses parler.

— Pas de problème.

Il préférait discuter avant d'arriver à la boutique…

— Personne ne t'a jamais dit que tu étais affreusement têtu ?

— Si. Plusieurs fois, même.

Après avoir poussé un grand soupir, elle lui tendit les robes.

— Puisque tu insistes pour m'accompagner, autant te rendre utile.

Tiens tiens… Elle acceptait son aide…

Elle le regarda prendre les robes.

— Attention, les housses ne doivent pas toucher le sol.

Il fit attention, mais alors qu'il s'apprêtait à les poser sur son bras elle fronça les sourcils.

— Non, elles vont être chiffonnées.

— Et alors ? riposta Krystof, un peu agacé. Ce ne sont même pas les tiennes !

— Non, mais si c'était le cas j'apprécierais que l'on en prenne bien soin.

Il soupira et souleva les robes jusqu'à ce qu'Adara le gratifie d'un petit hochement de tête. Puis elle se détourna et se remit en route, en sortant son smartphone pour passer un appel.

— Oui, Demi. Il y a eu une urgence, je dois m'absenter un moment. Tu peux t'occuper de tout en mon absence ? … Merci ! Tu me rends vraiment service.

— Tout va bien ? demanda Krystof en la voyant prendre le couloir de gauche au lieu de se diriger vers la sortie.

— Ça ira mieux une fois que nous aurons récupéré les robes.

— Mais tu vas où ?

— Ma voiture est garée dans la petite cour.

— Ah…

Au moment où ils arrivaient devant la porte située à l'extrémité du couloir, elle se retourna vers lui.

— On est vraiment obligés de se parler ? Ce serait tellement plus simple si j'y allais seule.

Sans attendre sa réaction, elle sortit ses lunettes de soleil de son sac, les chaussa, ouvrit la porte et avança vers sa voiture.

4.

Il était plus que têtu. Il était… insupportable. En outre, Adara ne comprenait pas pourquoi il tenait autant à l'accompagner. Et à rester au Ludus, soi-disant pour l'aider. Une chose était certaine : il ne restait pas pour elle. Il n'aurait eu qu'à passer un coup de fil pour se trouver une femme disposée à exaucer ses moindres désirs.

Ce qui n'était pas son cas. Elle ne le supporterait pas longtemps. Elle n'avait pas besoin de lui. Au contraire, il l'encombrait. Par conséquent, elle allait le lui dire franchement. Peut-être s'en irait-il, pour aller s'enfermer dans une salle de jeu ou rejoindre une autre femme. La vision insoutenable de Krystof à demi nu tenant l'inconnue dans ses bras resurgit … Adara serra les doigts autour du volant. Il était hors de question qu'elle se laisse troubler par ce souvenir maudit qui revenait impitoyablement la hanter.

Une fois à bord du ferry qui faisait la navette entre l'île et le continent, Krystof s'éloigna pour téléphoner, tandis qu'elle montait sur le pont supérieur et se dirigeait vers le bastingage, ravie de pouvoir souffler un peu.

Pourquoi cette insistance à l'accompagner ? Cet empressement ? se demanda-t-elle de nouveau. Peut-être regrettait-il les bons moments qu'ils avaient passés ensemble… Si c'était le cas, il n'avait à s'en prendre qu'à lui-même. Mais elle n'aborderait pas la question. Cela aurait été trop humiliant. Et trop douloureux, reconnut Adara en son for intérieur.

Elle repensa au moment où Krystof avait plongé son

regard dans le sien tout à l'heure. Son cœur s'était emballé, tout son corps l'avait trahie. Alors qu'elle n'avait aucune raison de continuer à le désirer.

Tout était sa faute, au fond. Elle avait eu tort d'entamer une liaison avec lui. Ils n'avaient rien en commun. Krystof ne croyait qu'à la spontanéité. Il cédait à ses impulsions. Les projets ne l'intéressaient pas. Il vivait au jour le jour et ne comprenait même pas que l'on puisse avoir un agenda. Alors que l'existence d'Adara était rythmée par les rappels de son agenda. Ses journées de travail étaient planifiées à la minute près. Elle en avait besoin pour se sentir bien. Cela la rassurait. Elle n'avait pas à s'inquiéter, ni à se demander si elle se trouvait au bon endroit ou faisait ce qu'elle devait faire.

— Je me demandais où tu étais passée, dit la voix de Krystof derrière elle.

Elle retint un soupir. Adieu, son moment de solitude.

— Que veux-tu ? demanda-t-elle en se retournant à regret.

— Toi.

Son cœur fit un bond. La réponse de Krystof flotta entre eux. Qu'avait-il voulu dire ? Qu'il la désirait toujours ? Qu'il souhaitait reprendre leur liaison ? Non. Certainement pas !

Adara se retourna et se concentra sur l'écume soulevée par l'étrave du ferry pour tâcher de se calmer. Quand elle eut surmonté le trouble provoqué par la réponse de Krystof, elle dit sans se retourner :

— Je ne suis pas d'humeur à supporter les jeux de mots. Alors, va-t'en, s'il te plaît.

— Non, je ne partirai pas, déclara-t-il d'un ton déterminé. Je ne te laisserai pas me repousser comme tu le fais depuis plus de deux mois. Nous allons parler. Nous n'avons que trop tardé.

Elle se retourna et le dévisagea un instant en silence. Elle remarqua ses bras croisés, ses lèvres pincées.

— Tu n'as rien à dire qui m'intéresse.

— Dommage. Je vais le dire quand même.

Ainsi, il profitait de ce qu'ils soient coincés sur le ferry. Elle ne pouvait pas lui échapper. Elle aurait bien dû se douter qu'il ne l'accompagnait pas pour l'aider.

— Et après, tu me laisseras tranquille ?

— Impossible. Je reste jusqu'au mariage, ne t'en déplaise. Il ne s'agit pas de nous, mais d'Hermione et Atlas.

— En effet. Mais ce n'est pas une raison pour me suivre comme mon ombre.

— Je reste pour t'aider parce que je l'ai promis à Atlas, c'est tout.

— C'est la seule raison ? demanda Adara, persuadée du contraire.

— Absolument.

— Tant mieux. Parce que si tu penses que nous allons reprendre notre liaison, tu te fais des illusions.

Un muscle de sa mâchoire tressaillit.

— À t'entendre, on dirait que tu as été malheureuse avec moi. J'étais là, souviens-toi, et c'est faux. Je sais comment t'exciter. Je sais où t'embrasser pour te faire gémir…

— Tais-toi !

À cet instant, la sirène retentit, annonçant l'accostage imminent. Le visage en feu, Adara se précipita vers l'escalier pour rejoindre sa voiture. Elle aurait voulu dire à Krystof qu'il se trompait, mais cela aurait été ridicule. Parce qu'il savait mieux que personne comment lui procurer du plaisir. Il était de loin l'amant le plus fabuleux, le plus doué qu'elle ait jamais connu.

Elle se faufila entre les rangées de véhicules. En vérité, elle était aussi furieuse contre elle-même que contre lui. Alors, la meilleure solution était de ne plus lui adresser la parole, décida-t-elle en s'installant au volant. Krystof était trop… trop…

Il était impossible.

Elle l'avait rejeté. Encore une fois.

Krystof n'était pas habitué à être repoussé. Aucune femme ne l'avait jamais quitté. C'était toujours lui qui partait. Aussi se sentait-il complètement démuni face à cette situation.

Son ego meurtri l'exhortait à s'en tenir là et à s'en aller. Adara n'avait pas besoin de lui. Elle n'avait besoin de personne. La pensée qu'elle puisse se passer aussi facilement de sa présence lui était inconfortable, mais il refusa de creuser pour en comprendre la cause.

Côté mariage, tout était pratiquement réglé. Il y avait bien le problème des robes, mais il serait vite résolu. Ils étaient presque arrivés à la boutique et repartiraient bientôt avec les bonnes robes.

Par conséquent, il avait le temps de faire un saut à Singapour ou de se rendre à Paris pour se concentrer sur son projet de reprise d'une entreprise de haute technologie. Il avait prévu de s'en occuper après le mariage, mais pourquoi ne pas le faire maintenant ?

Oui, c'était la meilleure option. Atlas comprendrait, puisqu'il lui avait demandé de ne pas faire de grabuge et d'éviter tout conflit avec Adara.

Elle mit le clignotant, ralentit et effectua un créneau impeccable. Krystof tourna les yeux vers les boutiques aux noms pittoresques et aux auvents de toile colorés. Il repéra sans difficulté « Chez Dora, la Fée du Mariage », grâce à son auvent rayé rose et blanc. Dans les larges vitrines, il aperçut des mannequins… nus.

Étrange, comme façon d'attirer les clients – ou plutôt les clientes. Soudain, il remarqua l'absence de tout éclairage. De plus en plus étrange. Il jeta un coup d'œil à sa montre : 17 h 04. La boutique était censée rester ouverte jusqu'à 18 heures.

— Apparemment, ils ont fermé plus tôt que prévu, dit-il. Et ils auraient pu habiller leurs mannequins, tu ne trouves pas ?

— On peut toujours compter sur toi pour remarquer ce genre de détail, répliqua Adara en roulant des yeux.

Elle se retourna pour saisir son sac posé sur la banquette arrière.

— Je vais voir, dit-elle en ouvrant sa portière.

Krystof descendit à son tour du véhicule et traversa la rue derrière Adara. Elle s'arrêta devant la porte et appuya sans succès sur la poignée.

— Je ne comprends pas. Pourquoi ont-ils fermé aussi tôt ?

Krystof leva les yeux vers le petit panneau fixé à l'intérieur de la porte :

FERMETURE DÉFINITIVE

Pas vraiment une bonne nouvelle.

Il poussa légèrement Adara du coude et lui désigna la pancarte. Quand elle l'aperçut, elle laissa échapper un son étranglé, entre le halètement et le cri plaintif. Puis elle recula de deux pas, horrifiée.

— Ce n'est pas possible… Je les ai eus au bout du fil il y a deux jours pour planifier la livraison !

Apercevant un numéro de téléphone inscrit sur la porte, Krystof tenta de les appeler, mais la ligne était manifestement coupée.

— Tu aurais pu laisser un message, dit Adara.

— La ligne n'est plus en service.

— Ce n'est pas possible, répéta-t-elle en sortant son smartphone de son sac.

Elle composa le numéro et se colla l'appareil à l'oreille, avant de pousser cette fois une sorte de grognement. Puis elle raccrocha et regarda Krystof.

— Qu'est-ce que nous allons faire ?

Ah, elle avait dit nous, cette fois, constata-t-il avec intérêt. Mais il se garda bien de le lui faire remarquer.

— Ils ne peuvent pas garder nos robes…

Elle avança de nouveau vers la porte, souleva son

smartphone et alluma la torche qu'elle braqua à l'intérieur. Krystof la rejoignit et aperçut les portants et les rayonnages vides. Il n'y avait plus rien. La boutique avait été vidée de tout son contenu.

— Oh ! non ! s'exclama Adara, consternée. Je n'arrive pas à y croire. Ils avaient tous l'air si charmants…

— Tu ne sais pas ce qui s'est passé. Ces gens sont peut-être réellement charmants. Viens, nous allons éclaircir ce mystère.

Du moins l'espérait-il.

Tournant les yeux, Krystof s'aperçut qu'ils n'étaient pas les seuls à essayer de voir à l'intérieur de la boutique et à se poser des questions.

— Quelqu'un sait ce qui est arrivé aux propriétaires ? demanda-t-il à la ronde après s'être éclairci la voix.

Les quelques femmes arrêtées devant la vitrine secouèrent la tête. Apparemment, personne ne savait ce qu'il s'était passé. Cela ne présageait rien de bon pour la suite.

Quand ils furent remontés en voiture, il se tourna vers Adara.

— Tu veux manger quelque chose avant de rentrer ?

— Non, je n'ai pas faim. Ce que je veux, c'est retrouver les robes.

Elle tourna la tête vers lui.

— Comment vais-je annoncer à Hermione que sa robe de mariée a disparu ?

— Tu ne vas rien lui dire du tout, déclara fermement Krystof. Elle a déjà assez de soucis.

— Mais je ne peux pas le lui cacher indéfiniment. Si nous ne les retrouvons…

— N'imagine pas déjà le pire, l'interrompit-il. Nous allons essayer de découvrir ce qu'il s'est passé, d'accord ?

— Tu penses vraiment que c'est possible ? demanda-t-elle, les yeux rongés par l'inquiétude.

— Je ne peux rien te promettre, répondit Krystof avec

franchise. La seule chose que je sais, c'est que nous allons tout faire pour les retrouver.

Elle hocha la tête puis alluma le contact.

— Oui, tu as raison.

Tout en bouclant sa ceinture de sécurité, il comprit que son projet de fuir l'île et la femme qui l'avait rejeté venait de capoter puisqu'il avait promis à cette dernière de l'aider.

Et il eut beau se dire qu'il suffirait d'un ou deux coups de fil pour localiser les robes, il pressentit que ce ne serait pas aussi simple. Tout comme travailler avec Adara ne serait pas facile. Mais il gérerait la situation, d'une façon ou d'une autre.

C'était vraiment le pire qui puisse arriver.

Enfin, non, quand même pas. Mais la situation était critique.

Inutile de tenter de joindre quelqu'un au téléphone. La ligne était bel et bien coupée. Adara lança une recherche sur Internet pour identifier les propriétaires, mais ce fut plus difficile qu'elle ne l'avait imaginé. Parce qu'il ne s'agissait pas d'une Dora quelque chose, mais d'un homme dont le nom de famille était ultra-courant. Aussi se trouva-t-elle devant une liste interminable de numéros de téléphone. Elle allait en avoir pour un sacré bout de temps…

On frappa. La tête de Krystof apparut dans l'entrebâillement de la porte.

— Ça va ?

Adara soupira et s'appuya au dossier de son fauteuil.

— J'essaie de trouver le propriétaire de la boutique.

— Et… ?

— Je sais maintenant qu'il s'agit d'un certain Michalis.

— Ah, dit Krystof en avançant dans la pièce.

— J'ai déjà appelé une douzaine de Michalis, et ils ont tous répondu qu'ils n'avaient rien à voir avec la boutique.

Adara éteignit son ordinateur.

— Et toi ? Tu as progressé de ton côté ? Tu as une idée de la façon dont on pourrait procéder pour retrouver la trace des robes ?

— Oui, j'ai une idée, mais je ne sais pas trop ce qu'elle vaut. Je t'en parlerai si ça marche.

— Non, explique-moi ça tout de suite. J'ai besoin de m'accrocher à quelque chose.

— OK. Alors je te propose un marché : tu dînes avec moi et je t'expose mon plan.

— Comment peux-tu savoir que je n'ai pas déjà dîné ? répliqua Adara en haussant les sourcils.

— Parce que je te connais. Tu ne penses qu'à retrouver les robes et tu n'as pas pris le temps de manger. Mais, moi, je tiens à m'assurer que tu n'ailles pas te coucher le ventre vide.

— Je ne pense pas que cela fasse partie de tes attributions. Tu as seulement promis à Atlas de m'aider avec les préparatifs du mariage.

— Mais comme tu es chargée de superviser les opérations, je dois veiller à ce que tu prennes soin de toi.

Et il en profiterait pour tâcher de savoir ce qui l'avait poussée à rompre avec lui.

— À moins que tu n'aies prévu de dîner avec quelqu'un d'autre ? enchaîna Krystof d'un ton neutre.

— Non, répondit-elle en secouant la tête. Je n'ai rien d'organisé.

— Pas de rendez-vous avec un petit ami ? ne put-il s'empêcher d'ajouter.

Elle écarquilla brièvement les yeux.

— Non, pas de petit ami non plus.

— Parfait.

Si elle ne l'avait pas plaqué pour un autre, le problème ne concernait qu'eux deux – et serait donc facilement résoluble.

— Parfait ? répéta Adara, méfiante.

— Oui, parce que tu n'as pas d'excuse pour refuser de dîner avec moi, dit-il avec un sourire innocent.

Elle hésita un instant puis haussa les épaules.

— Je ne vois pas ce que je pourrais objecter, dit-elle sans le regarder.

Incroyable. Il ne s'attendait pas à la voir céder aussi rapidement… Adara réussissait toujours à le surprendre, cela faisait partie de son charme.

— Allons-y, alors.

Quand elle se dirigea vers la porte et éteignit les lampes, il fut soulagé. Il avait craint qu'elle ne revienne au bureau et y passe la nuit à essayer de retrouver ces fichues robes.

— Où m'emmènes-tu ?

— J'ai pensé que nous pourrions dîner dans ma suite. J'ai déjà commandé les repas.

Adara s'arrêta et se tourna vers lui en plissant le front.

— Je ne crois pas que ce soit une bonne idée. Je t'ai dit que nous…

— Oui, et je t'ai bien entendue, l'interrompit-il doucement. Mais je sais que la plupart des restaurants du Ludus sont complets, et, je me suis dit que tu serais fatiguée et aimerais ôter tes hauts talons pour te détendre un peu. Je te jure que je n'ai aucune idée derrière la tête.

— OK, acquiesça-t-elle au bout de quelques instants. Un dîner rapide, et je m'en vais. Je dois me lever tôt demain.

— Ça me va.

— Qu'est-ce que tu as commandé pour moi ? demanda-t-elle en avançant à côté de lui dans le couloir.

— Sachant que tu préfères le poisson ou les plats végétariens, je t'ai pris des langoustines grillées, du riz sauvage et une salade verte.

Elle lui jeta un bref regard en biais et haussa les sourcils.

— Bonne idée. J'ai faim, tout à coup.

Content de partager un repas amical avec elle, Krystof ouvrit la porte de sa suite et invita Adara à entrer. On lui avait attribué la suite « Jackpot ». Un immense écran plat occupait une bonne partie de l'un des murs, assorti de toutes sortes de consoles de jeux et d'une connexion Internet avec les jeux de rôle en ligne. Une table de roulette en 3D recouvrait le plafond. Et d'un côté du salon, il y avait un billard et un flipper.

L'avantage de cette suite était son insonorisation parfaite, permettant ainsi de mettre la chaîne Hi-Fi à fond sans déranger ses voisins. En revanche, passer la nuit à jouer et dormir toute la journée, ce n'était plus son truc.

— Tu n'étais encore jamais venu dans cette suite, j'ai l'impression ? dit-il en voyant Adara regarder autour d'elle avec curiosité.

— Non. Le complexe est immense, je ne connais pas toutes les suites. Et leur décoration est refaite régulièrement : les hôtes aiment être surpris. Cette suite semble avoir été conçue pour un adulte resté enfant.

— Tu me vois comme un ado attardé, c'est ça ?

— Je n'ai pas dit cela, mais les jeux te passionnent, non ?

Et voilà. Bientôt, elle allait lui reprocher son mode de vie. Il lui avait dit dès le départ qu'il ne changerait pas, ni pour elle ni pour personne. Il avait toujours été fier de sa façon de vivre, libre et sans attaches d'aucune sorte.

Krystof n'éprouvait pas le besoin de se justifier. Il vivait comme bon lui semblait. N'avait de comptes à rendre qu'à lui-même. Et cette existence lui convenait. Sauf que, depuis qu'il avait rencontré Adara, il trouvait ce mode de vie peut-être un peu trop désinvolte et, même s'il avait du mal à le reconnaître, très solitaire.

— Excuse-moi, reprit-elle. Je n'aurais pas dû dire cela. D'autant plus que tu m'aides à retrouver nos robes. Je suis fatiguée, et tous ces problèmes…

— Quels problèmes ? demanda Krystof, confus. Je pensais qu'il n'y avait que les robes…

— Oui, ne fais pas attention à ce que je dis. Il faut que je mange, après ça ira mieux.

Elle essayait de se rattraper, mais il ne fut pas dupe. Elle lui cachait quelque chose.

— Et si on jouait à un jeu, en attendant ? enchaîna Adara.

— Lequel te tente ?

— Je jouerais bien au flipper, je n'y ai pas joué depuis mon enfance.

— Va pour le flipper.

Ils jouèrent tour à tour. Pour quelqu'un qui n'avait pas joué depuis son enfance, Adara s'en sortait plutôt bien !

Des coups discrets étant soudain frappés à la porte, Krystof alla ouvrir. Un employé souriant apparut, derrière un chariot de service.

— Bonsoir, monsieur. Où souhaitez-vous que je dresse la table ?

— Dans le patio ?

Le jeune homme, en pantalon noir et chemise blanche, acquiesça d'un hochement de tête.

— Certainement, monsieur. Si vous voulez bien patienter quelques instants ?

— Pas de problème, répondit Krystof. Nous avons une partie de flipper à terminer.

Il se tourna vers Adara et sourit. Pour la première fois de sa vie, il ne ressentait pas le besoin de gagner. Être avec elle et la voir heureuse représentait déjà une victoire. Et il espérait de tout son cœur que son idée leur permette de retrouver les robes. Rien que pour faire plaisir à Adara.

Au même instant, la dernière boule argentée glissa vers le bas de la table. Adara avait gagné le tour et tourna les yeux vers lui avec un grand sourire qui le ravit.

Ils passèrent dans le patio privé où la table était dressée. Deux bougies éclairaient la nappe blanche, de chaque côté d'un soliflore contenant une magnifique rose rouge. Protégés par des cloches en argent, les plats chauds dégageaient des arômes divins. Ils mangèrent tranquillement, mais avec appétit, et sans échanger beaucoup de paroles.

Quand ils arrivèrent au café, Adara but une gorgée du sien et reposa sa tasse avant de demander en quoi consistait son idée.

Le moment était venu de lui confier ce dont il ne parlait pas à grand monde.

— J'ai publié une story sur MyPost.

— Tu as un compte MyPost ? s'exclama-t-elle avec surprise. Je ne t'imaginais pas en train de surfer sur les réseaux sociaux !

— C'est moi qui ai créé la plate-forme.

Elle se redressa sur sa chaise, stupéfaite.

— Quoi ?

Krystof s'éclaircit la voix.

— Je fais de la programmation informatique. Analyse, codage…

La surprise empreignit les traits fins d'Adara.

— Et c'est seulement maintenant que j'en entends parler ?

— Oui, parce que je reste discret, répondit-il en tournant les yeux vers les reflets de la Lune dansant sur la surface de l'eau. Sans doute parce que je me suis habitué très tôt à garder les choses pour moi. N'ayant jamais connu mes parents, j'ai appris à ne faire confiance qu'à moi-même.

— Je suis désolée. Tu as dû traverser des périodes très difficiles.

Krystof haussa les épaules.

— Je n'avais pour ainsi dire jamais rien connu d'autre.

Elle le dévisagea quelques instants en silence.

— Tu as fait des études d'informatique ?

Il acquiesça d'un hochement de tête.

— Et tu es le fondateur et propriétaire de MyPost. Je suis très impressionnée.

— Oui. J'ai maintenant une équipe qui gère la plate-forme.

— Tu ne t'en occupes plus personnellement ?

— Au début, c'était juste un moyen de connecter des joueurs de cartes entre eux. De prévoir et d'organiser des tournois un peu partout dans le monde. Mais le réseau a continué à se développer, si bien que maintenant, il a pris des proportions gigantesques, à tel point que je vais ou bien devoir vendre, ou bien participer plus activement à la gestion de la plate-forme.

— Que comptes-tu faire ?

— J'hésite. Je ne sais pas si j'ai envie de renoncer à ma vie nomade pour m'enfermer quelque part.

— Ah… murmura-t-elle en reprenant sa tasse de café. Et quel rapport avec les robes ?

— J'ai publié une story qui raconte la fermeture de la boutique et dans laquelle je demande si d'autres personnes ont reçu des robes ne correspondant pas à celles qu'elles avaient commandées.

Adara reposa sa tasse.

— Attends. Tu veux dire que tu as tellement d'amis sur MyPost que ta story a une chance d'atteindre des gens qui auraient eu la même mésaventure ?

— Non. Je n'ai pas d'amis sur le réseau. Je suis membre d'un groupe privé de joueurs, c'est tout. Mais en tant que propriétaire de MyPost, je peux demander ce que je veux à la plate-forme. Alors j'ai conçu une notification qui parviendra à tous les utilisateurs. Quand ils se connecteront, elle s'affichera. Ils devront la lire et cliquer pour faire apparaître leur profil.

Adara glissa la main dans sa poche et sortit son smartphone, puis pianota rapidement sur l'écran. Elle leva les yeux, l'air sidéré.

— Tu l'as vraiment fait…

— Tu vois ? dit-il en souriant. Maintenant, il n'y a plus qu'à espérer qu'elle sera vue par les bonnes personnes.

Les yeux rivés à l'écran de son téléphone, elle continua à pianoter.

— Et tu as créé un groupe destiné aux personnes confrontées au même problème. Des gens en font déjà partie. Nous ne sommes pas les seuls à rechercher des robes perdues Dieu sait où !

— En effet, mais jusqu'à présent, personne n'a celles qui nous intéressent.

Adara redressa la tête et plongea son regard dans le sien.

— C'est fantastique. Merci.

— Ce n'est pas grand-chose, répliqua Krystof avec un haussement d'épaules. Et nous n'avons pas encore retrouvé les robes.

— Mais nous allons peut-être les retrouver. Tu as plus progressé que moi…

Elle s'interrompit en plissant le front.

— Qu'y a-t-il ?

— Rien.

— Arrête. Je vois bien qu'il y a quelque chose, alors dis-le.

— Je me demandais si Hermione verrait ta story. Je devrais peut-être l'appeler et lui expliquer ce qu'il s'est passé.

Quand elle reprit son smartphone, Krystof referma la main sur la sienne.

— Ne l'appelle pas. Tu crois vraiment qu'elle a la tête à surfer sur les réseaux sociaux en ce moment ?

— Non, tu as raison.

— Et avec un peu de chance, nous aurons retrouvé les robes avant qu'elle apprenne qu'il y a eu un problème.

— Espérons-le, soupira Adara avant de baisser les yeux sur sa montre. Il se fait tard. Je vais m'en aller.

Il brûlait de lui demander de rester. De l'attirer contre lui et de l'embrasser. Mais il n'en fit rien.

— Et moi je suis attendu sur le continent, pour jouer aux cartes.

Une ombre passa dans les yeux d'Adara tandis qu'elle se levait. L'instant d'après, aucune expression ne se lisait sur ses traits.

— Je ne veux pas te retarder.

— Je te raccompagne jusqu'à la porte.

Mais elle ne l'attendit pas et regagna le salon qu'elle traversa rapidement.

Et voilà, elle était de nouveau furieuse contre lui. Et une fois de plus, il ne comprenait pas ce qu'il avait fait pour l'irriter.

Arrivée devant la porte, elle se retourna vers lui.

— Merci pour ton aide.

— Je t'en prie. Je n'ai vraiment pas fait grand-chose, mais j'ai le sentiment que tout va s'arranger.

Sur ces paroles, Krystof pencha la tête. Il résista au désir d'embrasser les belles lèvres pulpeuses et lui déposa un petit baiser sur la joue.

Quand il se redressa, il remarqua la roseur qui avait envahi les hautes pommettes. Mais il s'interdit de prendre Adara dans ses bras. Ce n'était pas une bonne idée. Elle n'était pas encore prête à s'abandonner.

5.

Il l'avait embrassée sur la joue, pas sur les lèvres.

Adara avait repensé à ce baiser durant tout le reste de la soirée et une bonne partie de la nuit. Elle connaissait bien Krystof. Il savait ce qu'il voulait et allait droit au but. Et ce chaste baiser l'avait déçue, impossible de le nier. Elle aurait dû s'en contenter, pourtant, puisqu'ils n'attendaient pas les mêmes choses de la vie.

De toute évidence, il était allé voir ailleurs et avait trouvé ce qu'il cherchait. L'image de l'inconnue du palace parisien rejaillit aussitôt dans son esprit. Adara la chassa résolument. Cela n'avait aucune importance. Krystof lui était indifférent. Alors pourquoi cette tension dans la poitrine, dans le ventre ?

Le lendemain, elle fut submergée de demandes toute la matinée si bien qu'elle n'eut pas le temps d'aller prendre le petit déjeuner avec Krystof quand il passa le lui proposer.

À l'heure du déjeuner, elle mangea un sandwich dans son bureau, tout en passant des coups de fil pour essayer de retrouver le propriétaire de la boutique. À croire que ce Michalis s'était volatilisé du jour au lendemain.

Quelqu'un toqua légèrement à la porte. Levant les yeux, elle aperçut Krystof qui lui souriait depuis le seuil. Seigneur, ce sourire… Adara y répondit automatiquement, avant de s'en rendre compte et de pincer les lèvres.

— Je peux faire quelque chose pour toi ? demanda-t-elle de sa voix de cheffe concierge.

— Il s'agit plutôt de ce que je peux faire pour toi.

— Comment cela ? répliqua-t-elle, interloquée.

— Tu te souviens de la story publiée sur MyPost ?

Elle hocha la tête.

— Quelqu'un a reçu une robe de mariée qui n'était pas celle qui avait été commandée. Et il pourrait s'agir de celle d'Hermione.

— Il y a une photo ?

Il tapota l'écran de son smartphone et le tendit vers elle.

— J'espère que c'est la bonne.

— Moi aussi, dit Adara en prenant l'appareil.

Hélas, il lui suffit d'un coup d'œil pour constater que ce n'était pas la robe d'Hermione. Son amie avait choisi un décolleté en cœur et celui de cette robe était carré.

— Non, ce n'est pas la bonne, dit-elle en soupirant, affreusement déçue.

— Tu en es sûre ?

— Absolument.

— Eh bien, nous allons continuer à chercher ! Au fait, nous devrions prendre des photos des robes que tu as reçues et les publier, pour le groupe. Plus il y aura de gens qui verront le post, plus on en parlera sur le réseau. Et plus nous attirerons l'attention, plus nous aurons de chances de retrouver les robes qui nous intéressent.

— Bonne idée. Elles sont dans ma suite.

Adara consulta son agenda électronique.

— On peut aller les photographier maintenant, j'ai une demi-heure avant de voir les Carrington pour discuter de la soirée qu'ils souhaitent organiser.

Lorsqu'ils se dirigèrent ensemble vers sa suite, elle se retrancha à nouveau dans le silence, incapable de bavarder de tout et de rien avec Krystof. Elle n'avait rien à lui dire, de toute façon.

Si elle ne l'avait pas surpris avec une autre femme, lui en aurait-il jamais parlé ? Mais cette histoire n'avait plus d'importance, se répéta Adara. Tout cela était derrière elle, à présent.

Krystof ne lui convenait pas, point final. En outre, avec ce qu'il lui arrivait sur le plan médical, Adara n'envisageait plus l'avenir de la même façon. Elle voulait désormais une vraie relation. Quelque chose de fiable. Qu'y avait-il de mal à désirer qu'un homme vous dise « Je t'aime » ? Qu'il s'engage à rester à vos côtés pour le meilleur et pour le pire ? Était-ce trop demander ?

Dès le tout début de leur liaison, Krystof avait été clair : il ne souhaitait pas s'installer. Pendant un temps, elle avait pensé pouvoir s'en accommoder, mais elle s'était trompée.

— Adara ? Tu vas où ?

La voix grave et sensuelle la fit tressaillir. Elle venait de passer devant la porte de sa suite sans même s'en rendre compte.

— Je… Je ne suis pas encore habituée à résider au Ludus, dit Adara en revenant sur ses pas, les joues en feu.

Elle ouvrit la porte et traversa rapidement le salon.

— Voilà les robes, dit-elle en sortant le portant de l'immense dressing avant de le pousser jusqu'au milieu de la pièce.

— Je vais ouvrir les housses et nous n'aurons qu'à les photographier sur leurs cintres.

— À moins que tu fasses la mannequin… ? fit Krystof en haussant un sourcil.

— Pas question.

— Pourquoi pas ? Je croyais que tu souhaitais te marier.

— Je n'ai jamais dit cela.

Adara fit glisser la fermeturc Éclair de la housse protégeant la robe de mariée et l'écarta le plus possible.

Krystof prit une photo. Puis ce fut le tour des deux autres robes. Lorsqu'elle fit remonter la fermeture Éclair de la housse protégeant la robe de mariée, l'étoffe se retrouva coincée. Adara s'efforça de la dégager sans abîmer la robe.

À un moment donné, elle dut tirer trop fort sur la housse, si bien que le portant bascula vers elle.

Bondissant à son secours, Krystof saisit le portant avant qu'il ne tombe sur elle. Adara se redressa, se retourna trop vite et… se retrouva dans ses bras. Les effluves épicés de l'eau de toilette masculine lui caressèrent les narines. Les battements de son cœur s'accélérèrent. Elle renversa la tête en arrière, leurs regards se croisèrent, restèrent soudés l'un à l'autre. Elle aurait dû s'écarter, mais ses pieds refusaient de coopérer.

Une sorte de vertige la gagna. Subitement, elle fut incapable de se rappeler pourquoi elle résistait au désir de s'abandonner dans ces bras musclés. Elle brûlait de sentir les lèvres de Krystof sur les siennes. Il lui manquait tellement…

— Qu'est-ce qui a mal tourné entre nous, Adara ? demanda-t-il, la voix rauque.

Tout lui revint d'un coup. Leur liaison passionnée mais sans engagement. L'insistance de Krystof, quand il lui demandait de sauter dans le premier avion pour aller le rejoindre à l'autre bout du monde. L'horrible surprise qui l'attendait, quand elle s'était décidée à le faire. L'instant où elle l'avait aperçu devant sa suite, avec une autre femme.

— Ne fais pas comme si c'était important pour toi, s'il te plaît.

— J'aimerais vraiment le savoir.

Il était sincère, comprit Adara.

— Tu te souviens que tu me demandais souvent d'aller te retrouver et de passer quelques jours avec toi ?

— Oui, bien sûr.

— Eh bien, je l'ai fait. Je suis allée te rejoindre à Paris, au mois de juillet. Et je t'ai aperçu de loin, avec une autre femme.

Krystof haussa les sourcils, puis son regard se perdit au loin, comme s'il essayait de se rappeler ce qu'il avait fait à Paris à ce moment-là. Et avec qui. Combien de femmes fréquentait-il ?

— Je ne me souviens pas de t'avoir vue.

Et l'autre femme ? Il ne se souvenait pas de l'avoir prise dans ses bras ?

— Non, tu ne m'as pas vue, effectivement. Je suis sortie de l'ascenseur, me suis avancée dans le couloir et j'ai vu une femme s'arrêter devant la porte de ta suite.

Il la regarda en écarquillant les yeux.

— Tu t'es trompée, Adara.

— Ah… Tu vas me dire que j'ai imaginé te voir ouvrir la porte en souriant, vêtu en tout et pour tout d'une serviette de bain, et prendre cette femme dans tes bras ?

— Non. Je dis simplement que tu as mal interprété la situation.

— Je crois avoir compris l'essentiel, répliqua-t-elle d'un ton amer.

— Non, pas du tout. Parce que la femme que tu as vue, c'était ma sœur.

— Ta sœur ? répéta Adara, abasourdie.

— Oui, ma sœur, dit-il en hochant la tête. Celeste.

Ça alors… Krystof avait une sœur ? Depuis quand ? Il lui avait toujours dit qu'il était un enfant unique abandonné par ses parents.

Venait-il d'inventer cette histoire pour se rabibocher avec elle ? Elle le dévisagea en silence. Il était tout sauf conventionnel, mais il n'était pas cynique et ne mentirait pas de façon aussi éhontée.

— Très bien, dit-elle en redressant le menton. Je t'écoute.

Il resta silencieux quelques instants, puis s'éclaircit la voix.

— Lorsque Celeste a appris que je venais à Paris, nous avons projeté de nous voir. Je ne pouvais pas deviner que de ton côté, tu allais me faire une visite surprise.

— Je croyais que tu étais fils unique et que tu n'avais pas connu tes parents ? répliqua-t-elle en fronçant les sourcils.

Il se passa la main dans les cheveux.

— Celeste n'est pas ma sœur biologique. Nous avons vécu dans la même famille d'accueil pendant des années. Elle a deux ans de moins que moi, alors je veillais sur elle.

Le fait d'imaginer Krystof en grand frère protecteur émut Adara malgré elle. Mais elle n'était pas encore tout à fait prête à pardonner et à oublier.

— Il n'y a rien entre vous ?

— Entre moi et Celeste ? fit-il en fronçant le nez. Non ! Certainement pas !

— Mais elle n'est pas ta sœur biologique. Et les années ont passé. Votre relation a pu changer.

Une expression de dégoût envahit les traits de Krystof.

— Écoute-moi bien, Adara. Je n'éprouve aucun sentiment ambigu pour Celeste. Elle est et sera toujours pour moi une sœur. Ne déforme pas les choses, s'il te plaît.

Il avait raison. Elle était allée trop loin.

— Excuse-moi.

— Alors, le malentendu est éclairci, maintenant, dit-il, un sourire triomphant aux lèvres.

Le cœur d'Adara fit un drôle de petit bond.

— Je peux enfin t'embrasser ? murmura-t-il.

— Non !

Parce que si elle cédait au désir qui la consumait, tout reprendrait comme avant. Et ensuite ? Ils se reverraient de temps en temps, lorsque Krystof viendrait au Ludus pour quelques jours avant de repartir à l'autre bout du monde. Non. Elle savait désormais que cela ne lui suffisait pas.

Il lui prit doucement les bras et l'attira vers lui.

— Adara… Tu m'as manqué, tu sais ?

Un frisson délicieux la parcourut. C'était si tentant de s'abandonner, de lui offrir ses lèvres. Elle brûlait d'envie de le faire, de retrouver le goût divin de la belle bouche sensuelle.

Adara recula d'un pas.

— Je… Je dois retourner travailler.

— Oui, bien sûr. Je vais publier les photos en ligne.

— Parfait. Merci.

— Je t'en prie.

Sur ces mots, il se détourna et quitta la pièce.

Elle le regarda disparaître dans le couloir en se répétant qu'elle avait bien fait de lui résister, alors qu'elle ne désirait qu'une chose, lui courir après et se jeter dans ses bras.

Mais elle ne pouvait plus se contenter de ce que Krystof avait à lui offrir. Alors, pourquoi se sentait-elle aussi déçue qu'il n'ait pas plus insisté ?

Krystof s'avança rapidement dans le couloir, un sourire satisfait aux lèvres. Le malentendu était enfin dissipé.

Heureusement, parce qu'il ne pensait pas pouvoir résister longtemps au désir d'embrasser Adara. Elle se méfiait encore de lui et avait des doutes quant à l'avenir de leur liaison. Il suffisait de lui rappeler les moments délicieux qu'ils avaient partagés et de lui donner envie de les revivre.

Pour cela, il devait l'amener à sortir de sa zone de confort, lui faire comprendre qu'elle n'avait rien à perdre, au contraire. Lui donner envie d'affronter l'inconnu, et lui prouver qu'elle en était tout à fait capable.

Mais sans la brusquer. Même si pour cela, lui-même devrait endurer un véritable supplice. Surtout si elle le regardait comme tout à l'heure, les yeux étincelants de désir. Céder à l'attirance qui les poussait l'un vers l'autre aurait été une erreur. Parce que Adara persistait à dresser un mur entre eux.

Une sensation étrange traversa soudain Krystof à la pensée qu'il avait pratiquement confié le contrôle de MyPost à son équipe ultra-performante. Par ailleurs, sa passion du jeu continuait à s'estomper. En revanche, il tenait à son projet de reprendre cette entreprise de haute technologie parisienne. La seule chose qui le faisait encore hésiter, c'était la perspective de devoir s'installer quelque part. Il avait encore soif d'aventure. De voyages. Et pour cela, il devait être libre comme l'air. Brusquement, Krystof se revit enfermé dans une pièce minuscule et obscure.

Il repoussa ce souvenir. Tout cela appartenait désormais au passé.

6.

Krystof regarda Adara s'entretenir avec les deux femmes, une mère et sa fille, venues avec une robe de mariée reçue par erreur. Ce n'était pas celle d'Hermione, hélas. Pas plus que celle que leur présenta à son tour Hermione n'était la robe commandée par la jeune femme et sa mère.

Cet embrouillamini s'avérait encore plus complexe qu'il ne l'avait imaginé.

Il demanda la permission aux deux femmes de prendre une photo de la robe. Elles acceptèrent volontiers et repartirent peu après, aussi déçues qu'Adara.

Après leur départ, elle se tourna vers lui, abattue.

— Nous ne sommes pas au bout de nos peines…

— Ne te décourage pas. Nous allons continuer à chercher. Et maintenant je vais pouvoir ajouter la photo de la robe que nous venons de voir.

— Je ne comprends vraiment pas ce qui a pu se passer. Comment ont-ils pu mélanger autant de commandes ?

— Je n'en ai pas la moindre idée. Et je crains que nous ne découvrions jamais le fin mot de l'histoire. Surtout si c'était délibéré. N'oublions pas que le propriétaire a fait faillite.

— Je crois qu'il est temps de tout dire à Hermione. Pour lui laisser le temps de commander une autre robe.

— Une autre robe de mariée ? Je pensais qu'il fallait s'y prendre des mois à l'avance.

— Oui, c'est vrai. Mais elle pourra peut-être en trouver

une qui lui plaise dans une boutique de prêt-à-porter, ou dans un dépôt-vente.

— Tu crois vraiment que c'est ce qu'elle souhaite ?

— Non. Elle a eu un vrai coup de foudre pour cette robe et n'a même pas regardé les autres.

— Alors il faut continuer à la chercher.

— Tu penses vraiment qu'on va la retrouver ?

— On va tout faire pour ça, déclara Krystof.

Il aurait bien aimé lui promettre qu'ils allaient retrouver les trois robes, mais…

— Allons nous chercher quelque chose à manger.

Adara tourna les yeux vers son bureau.

— J'ai encore du travail.

— Ça attendra, répliqua-t-il en baissant les yeux sur sa Rolex. Il est temps de dîner. Allez, viens.

— Mais…

— Tu as assez travaillé pour aujourd'hui, l'interrompit-il fermement.

— OK, dit-elle en soupirant.

Elle le suivit tandis qu'il se dirigeait vers la porte et éteignit la lumière.

— On dîne dans ta suite ? Dans la mienne ?

— J'ai une meilleure idée.

Adara contempla le bras qu'il lui tendait, leva les yeux vers les siens, hésita un bref instant puis glissa la main sous son bras.

— Où allons-nous ?

— Tu verras.

Ils traversèrent le complexe hôtelier sans croiser personne. L'épaisse moquette étouffait le bruit de leurs pas, des tableaux d'artistes réputés ornaient les murs. On se serait cru dans un musée. Et s'il commençait une collection d'œuvres d'art ? songea tout à coup Krystof. D'autant plus qu'il connaissait déjà une artiste prometteuse, Indigo Castellanos. C'était décidé. La première pièce de sa collection serait l'une de ses peintures.

Il s'arrêta devant un tableau représentant l'océan.

— Excellent, dit-il.

— Je ne savais pas que tu t'intéressais à l'art.

— C'est ma nouvelle passion.

— Tu es déjà allé faire un tour à la galerie ?

— Non, répondit-il en haussant les sourcils.

— Nous pourrions y passer après le dîner.

Krystof se tourna vers Adara et lui sourit.

— Très bonne idée.

Quelques instants plus tard, ils s'avancèrent dans le patio tandis qu'il savourait la sensation du corps souple et doux frôlant le sien à chaque pas. Adara se détendait, elle baissait la garde. Son plan fonctionnait. Ils avaient presque retrouvé leur belle entente.

— Où m'emmènes-tu ? demanda-t-elle à nouveau.

— Dîner.

— Oui, mais où ? Les restaurants sont tous derrière nous, maintenant.

— Il s'agit d'un dîner spécial. Fais-moi confiance.

Arrivant sur la plage, ils ôtèrent leurs chaussures et les posèrent à côté d'un banc. Le soir tombait, le soleil semblait en suspens au-dessus de l'horizon, au milieu d'un flamboiement de rose et de violet.

— Tu veux te promener sur la plage ? demanda Adara.

— Pas exactement. Mais maintenant que tu en parles ce n'est pas une mauvaise idée.

Krystof avait demandé au personnel d'installer sa surprise un peu à l'écart, derrière une dune. Quand ils l'eurent contournée, Adara laissa échapper un murmure extasié.

Des bougies longeaient un chemin de pétales de roses rouges conduisant à une table recouverte d'une nappe blanche et entourée de quelques torches. Ils avaient fait du beau travail.

— C'est pour nous ? demanda Adara en écarquillant les yeux.

— J'espère que le décor te plaît.

— C'est magnifique. Mais comment as-tu fait ? D'habitude, c'est moi qui organise ce genre d'événement.

— Tu as une excellente assistante, capable en outre de garder un secret, dit-il en souriant.

— Fais-moi penser à lui donner une augmentation de salaire.

— Je suis certain qu'elle appréciera.

— Si je ne fais pas attention, elle me remplacera bientôt.

— Impossible. Tu es irremplaçable !

Krystof avait bien été obligé de l'admettre durant leur séparation. Adara était unique.

Ils suivirent le chemin de pétales de roses. Elle s'arrêta à côté de la table et se tourna vers lui.

— C'est très beau. Mais pourquoi cette mise en scène ?

La brise légère soulevant une mèche de cheveux, il tendit la main et la lui repoussa derrière l'oreille. Puis il regarda Adara dans les yeux.

— Pour te montrer à quel point je suis désolé de la manière dont les choses se sont terminées entre nous.

— Tu n'avais pas besoin de te donner tout ce mal.

— Je l'ai fait avec plaisir. Parce que je le désirais.

Et maintenant, il brûlait de l'attirer contre lui, de prendre sa bouche. À voir l'éclat du regard d'Adara, elle n'aurait pas protesté. Mais il devait attendre encore un peu. Elle répondrait peut-être à son baiser, mais ensuite elle changerait d'avis. Alors, il patienterait – même si cela allait lui demander des efforts surhumains –, jusqu'à ce qu'elle reconnaisse d'elle-même qu'ils avaient tout intérêt à reprendre leur liaison. Et que cet arrangement délectable leur faisait du bien à tous les deux.

Il tira une chaise pour elle puis attendit qu'Adara soit assise pour s'installer en face d'elle.

— Encore un peu et je penserais que c'est une entreprise de séduction.

— Ça marche ? demanda-t-il en souriant.

— Tu aimerais bien le savoir, hein ? répliqua-t-elle d'un ton taquin.

Le dîner fut délicieux. Krystof était suspendu aux lèvres d'Adara et fasciné par sa beauté. Il aurait voulu que la soirée ne se termine jamais.

Ils bavardèrent tranquillement en savourant les mets exquis. Elle parla des aspects les plus intéressants de son travail et, lui, de ce qu'il avait fait au cours des derniers mois.

— Dis-moi, si tu collectionnais des œuvres d'art, où les mettrais-tu ? demanda-t-elle tout à coup.

Bonne question, à laquelle il n'avait pas de réponse.

— Je ne sais pas, reconnut-il après un léger silence.

— Il faudrait que tu t'achètes un appartement, ou une maison, répliqua-t-elle, les yeux brillants. Un endroit à toi où tu pourrais garder tes trésors.

— Je vais y réfléchir.

— Tu fronces les sourcils. Cette perspective ne semble pas t'emballer, dit Adara déçue.

— Tu voudrais que je m'installe, je sais. Que j'ai un « chez-moi ». Mais ce n'est pas mon truc.

— Mais pourquoi ? Tout le monde en a un. Sauf toi.

Krystof soupira et s'appuya à son dossier. Il n'aimait pas repenser à son passé. Des gens avaient connu pire, il en était conscient, mais son enfance et son adolescence n'avaient pas été faciles, loin de là.

— Je vais de ville en ville parce que autrefois j'ai été contraint de rester dans une famille d'accueil où je n'étais pas heureux, où je ne me sentais certainement pas chez moi, commença-t-il en jouant avec l'ourlet de sa serviette posée sur la table. Impossible de m'enfuir. Et pourtant j'ai essayé, crois-moi. J'ai fugué pas mal de fois.

Il s'arrêta. Il en avait déjà trop dit. Le passé était le passé.

Il ne l'évoquait jamais, cela ne regardait personne. Il regarda Adara qui l'observait et se posait sans doute toutes sortes de questions sur ce dont il ne parlait pas. Même elle ne pourrait jamais imaginer à quel point cela avait été horrible.

Et c'était mieux ainsi. Il n'avait pas besoin de compassion. De la part de personne. Il était fort, il avait réussi. Peut-être pas dans le sens traditionnel du terme, mais selon ses propres critères. Et il en était fier.

Il ne lui disait pas le pire, comprit Adara. Il avait dû vivre des choses atroces.

Elle savoura son tiramisu en silence tandis que Krystof buvait son café en contemplant la mer, perdu dans ses pensées.

Le dîner avait été fabuleux. C'était le genre de soirée qu'elle organisait pour les hôtes du Ludus, mais dont elle n'avait jamais l'occasion de profiter elle-même.

Et maintenant que leur belle soirée s'achevait, elle se sentait coupable de l'avoir gâchée en poussant Krystof dans ses retranchements.

Pas question de lui proposer d'aller marcher au bord de l'eau. Il paraissait trop absorbé dans ses souvenirs.

En revanche…

Adara reposa sa serviette et se leva, puis s'approcha de lui.

— Viens avec moi.

— Non. Je vais rester ici encore quelques minutes.

Certainement pas. Elle ne le laisserait pas broyer du noir.

— Viens. Tu ne le regretteras pas.

Se penchant pour lui prendre la main, elle le tira légèrement par le bras.

— Tu ne renonceras pas, hein ? fit-il en haussant un sourcil.

— Non, répondit Adara avec un grand sourire.

— OK. Tu as gagné.

Il se leva et se tourna vers elle.

— On va où ?

— Tu verras.

Quelques instants plus tard, ils arrivèrent devant le banc à côté duquel ils avaient laissé leurs chaussures. Après s'être débarrassés du sable et rechaussés, ils se dirigèrent main dans la main vers le Ludus.

Si elle gardait les doigts enlacés aux siens, c'était uniquement parce qu'elle ne voulait pas qu'il s'échappe, se convainquit Adara. Mais en vérité elle aimait la sensation de la peau de Krystof contre la sienne. L'alchimie avait toujours vibré entre eux. Une alchimie délicieuse, grisante. Unique.

Le problème, c'était qu'ils n'avaient que cela en commun, le désir. Oh ! ils passaient de bons moments hors du lit, mais rien de profond. Ce soir, cela avait été différent. Krystof s'était laissé aller suffisamment pour lui laisser entrevoir l'homme secret – ses cicatrices et ses insécurités. Il lui dissimulait sans doute beaucoup de choses, mais, pour la première fois, il s'était un peu livré à elle.

Et maintenant qu'il lui avait montré sa vulnérabilité, Adara avait encore plus de mal à garder ses distances avec lui. Krystof était terriblement seul, à cause de son enfance tragique, mais aussi parce qu'il ne laissait personne l'approcher de crainte d'être blessé à nouveau.

Elle voulait l'aider, lui montrer que s'engager dans une relation comportait des risques, mais que cela en valait la peine. Cependant, elle doutait d'être capable de l'inciter à s'aventurer hors de sa zone de confort. Surtout maintenant qu'elle avait un problème médical à gérer. Mais peut-être pourrait-elle aider Krystof à faire un petit pas en avant.

— Nous sommes arrivés, dit Adara en s'arrêtant devant les larges portes en verre dépoli de la galerie d'art du Ludus.

Krystof leva les yeux vers le panneau indiquant les horaires d'ouverture.

— C'est fermé.

— Pas pour nous, répliqua-t-elle en brandissant son badge magnétique.

— Tu es sûre que c'est une bonne idée ? demanda-t-il, l'air un peu inquiet.

— Sûre et certaine, déclara-t-elle en passant son badge devant le lecteur.

Ensuite, elle appuya la paume sur le dispositif de sécurité biométrique. Le signal lumineux passa du rouge au vert, il y eut un *clic*, et les lumières s'allumèrent.

— Tu vois, c'est facile, dit-elle en se tournant vers Krystof.

Adara poussa la lourde porte et la tint ouverte pour lui. Une fois qu'ils furent tous les deux à l'intérieur de la galerie, elle referma la porte et la verrouilla, tandis que Krystof s'avançait lentement dans la première salle.

— Très beau, dit-il en s'approchant de la première toile de la série exposée depuis peu.

— Je ne manquerai pas de transmettre à Indigo.

— C'est elle qui a peint cette toile ?

— Oui. Et toute la série que tu vois ici.

Il contempla l'un après l'autre les portraits qui représentaient des gens occupés à des tâches quotidiennes. Une femme âgée arrosant ses plantes, des gens flânant sur la plage, un enfant jouant au ballon, un bébé endormi. Chaque portrait semblait évoquer un stade différent de la vie.

— Impressionnant, dit Krystof, mais je doute qu'Indigo ait le temps de se consacrer à son art quand elle aura épousé son prince.

— Elle affirme qu'elle ne laissera pas tomber ses activités artistiques, et Istvan ne le souhaite pas. Il veut qu'elle fasse ce qui la rend heureuse, dit-elle.

Peut-être elle-même rencontrerait-elle un jour un homme qui respecte sa passion pour son travail ?

Ils passèrent dans la salle voisine, où étaient exposés des céramiques et des bijoux anciens. Ensuite, Krystof s'arrêta devant une série d'aquarelles montrant le même paysage mais à des heures différentes du jour. Adara le rejoignit. Elle aimait venir à la galerie pour revoir les œuvres qui lui plaisaient et pour découvrir les nouvelles acquisitions.

Mais ce soir c'était l'homme immobile à côté d'elle qui retenait son attention. Elle aurait tellement aimé lui faire comprendre qu'il n'avait pas besoin de bouger tout le temps. Qu'il pourrait se fixer quelque part sans en souffrir.

— À quel rythme organisez-vous de nouvelles expositions ? demanda-t-il soudain.

— La galerie a instauré un système d'échanges qui a de plus en plus de succès. En fait, ce que tu vois aujourd'hui représente environ la moitié de nos collections. Le reste nous a été prêté.

Elle tendit le doigt vers le mur de gauche.

— Tu vois le grand portrait en pied, là-bas ? Eh bien, c'est un prêt d'une galerie de Rome. Et celui qui est à côté, et qui représente un lion fait de milliers de graines, il nous a été prêté tout récemment, mais je ne sais plus par quelle galerie.

— Je me demande pourquoi je ne suis pas venu ici plus tôt, dit Krystof en se tournant vers une porte fermée. Et là, qu'est-ce qu'il y a ?

— Les bijoux royaux.

— Laisse-moi deviner… Ils sont prêtés par la famille d'Istvan ?

— Oui et non. Ils appartiennent à Istvan qui les a hérités de sa grand-mère.

— On peut y jeter un coup d'œil ?

Adara eut envie de refuser. Elle aurait pu invoquer un prétexte quelconque, mais cela n'aurait fait qu'attiser la curiosité de Krystof.

Résolument, elle se dirigea vers la porte et passa son badge devant le lecteur, puis entra dans la salle du fond. Contrairement aux premières pièces, lumineuses et aux murs blancs, celle-ci était beaucoup plus petite et ses murs et le plafond étaient noirs, des projecteurs éclairant les œuvres exposées.

— Voici le « Cœur de Rubis », expliqua-t-elle en s'arrêtant devant la vitrine où il était exposé.

— Il est énorme, dit Krystof en la rejoignant. Trop gros pour être monté en bijou.

Elle baissa les yeux sur le magnifique rubis taillé en forme de cœur. La lumière jouait sur les facettes, faisant ressortir sa beauté et sa couleur.

— Je n'arrive pas à lire ce qui est écrit sur la petite plaque, dit Krystof en se penchant pour mieux voir.

— Ce n'est pas intéressant, répliqua Adara à la hâte. Viens voir les autres bijoux.

Mais il feignit de ne pas l'avoir entendue, évidemment, et commença à lire à voix haute.

La légende du Cœur de Rubis.
Si deux amants le contemplent en même temps,
leurs vies seront unies à jamais.

— Tu crois que cette légende s'adresse à nous ? demanda-t-il lentement en se redressant.

— Krystof…

Elle voulait lui dire que c'étaient des bêtises, mais lorsque le regard de Krystof croisa le sien, les mots restèrent bloqués dans sa gorge.

Le cœur battant la chamade, Adara le vit se tourner complètement vers elle puis l'enlacer, tandis qu'elle se laissait faire, comme hypnotisée. Elle se pressa contre lui, renversa la tête en arrière. Son cœur battait si fort que Krystof devait l'entendre.

Il pencha la tête et l'embrassa. Seigneur, il lui avait tellement manqué. Ses mains se levèrent d'elles-mêmes, effleurèrent les puissantes épaules et se refermèrent sur la nuque chaude de Krystof.

Peu importait le nombre de baisers qu'ils avaient échangés,

quand ils s'embrassaient, elle avait toujours l'impression que c'était la première fois. Une plainte monta de sa gorge. Elle souhaita que ce moment ne s'arrête jamais. Gagnée par une délicieuse ivresse, elle lui ouvrit sa bouche. Leurs langues se caressèrent, s'enlacèrent…

Cela aurait été si facile de tomber amoureuse de lui. Mais Adara s'y refusait farouchement. Parce que Krystof avait été clair : l'amour ne l'intéressait pas. Ni les relations à long terme. Alors qu'elle savait maintenant qu'elle voulait une vraie relation, une relation stable, avec des hauts et des bas, mais dans laquelle les deux partenaires faisaient front, pour le meilleur et pour le pire.

Les longs doigts se glissèrent sous son chemisier, lui effleurèrent le dos, la faisant frissonner tout entière. Elle ferma les yeux, prête à s'abandonner aux caresses de son merveilleux amant, lorsqu'une voix les fit sursauter tous les deux.

— Oh ! c'est vous, mademoiselle Galini !

Adara s'écarta vivement de Krystof, les joues en feu. Elle s'efforça de calmer les battements précipités de son cœur, se passa la main dans les cheveux, rajusta son chemisier, puis carra les épaules et se retourna, un sourire forcé aux lèvres.

— Bonsoir, Christos. Oui, ce n'est que moi. Je faisais visiter la galerie à M. Mikos.

Le gardien de nuit plissa le front.

— Vous savez qu'elle est fermée, n'est-ce pas ?

— Euh, oui. Nous étions justement en train de nous en aller.

Elle se tourna vers Krystof, que son embarras avait l'air de beaucoup amuser.

— N'est-ce pas, Krystof ?

— Oui. C'est exactement ce que nous étions en train de faire…

Il passa devant elle en riant, le monstre, et avança vers la porte.

À présent, elle devait être cramoisie…

— Je ferme, ou vous préférez vous en occuper ? demanda-t-elle le plus dignement possible à Christos.

— Je m'en occupe, dit-il, l'air aussi embarrassé qu'elle.

Adara se dirigea rapidement vers la porte et, dans sa précipitation, faillit percuter Krystof qui l'attendait dans l'entrée.

— Oups ! Excuse-moi.

— Je t'en prie. Si tu veux me tomber à nouveau dans les bras, je ne demande pas mieux.

— Cela n'aurait pas dû arriver, répliqua-t-elle fermement. C'était une erreur.

— Si c'était une erreur, je suis prêt à me tromper autant de fois que tu voudras, dit-il avec ce sourire impossible qui la faisait chavirer à chaque fois.

Non, elle ne craquerait pas. Elle ne pouvait pas se le permettre.

— Les liaisons sans attaches ne m'intéressent pas.

— Ah ? fit-il en haussant un sourcil. Tu es particulièrement douée pour ça, pourtant.

Il la regarda dans les yeux, un petit sourire au coin des lèvres.

— L'amour qui dure, c'est un leurre. Une notion purement romantique. Tout ce que nous avons, c'est « l'ici et maintenant ».

Brusquement, Adara regretta de l'avoir amené à la galerie. Elle ne pouvait pas se permettre de tomber amoureuse de lui, se répéta-t-elle de toutes ses forces. Elle refusait d'avoir le cœur brisé le jour où il la quitterait pour toujours. Ce qui arriverait immanquablement. Il ne changerait pas, elle ne se faisait aucune illusion là-dessus. Il ne disparaîtrait peut-être pas dans une semaine, ni même dans un mois, mais il se lasserait bientôt d'elle, et elle ne le reverrait jamais.

— Je… Je vais regagner ma suite, dit Adara sans le regarder. Merci pour le dîner. C'était vraiment charmant.

Sur ces paroles, elle se détourna et s'éloigna rapidement.

Si elle voulait survivre à ce mariage et garder le cœur intact, elle avait intérêt à tenir Krystof à distance.

7.

Après ce baiser – interrompu bien trop tôt, hélas –, Krystof avait passé le reste de la soirée et une partie de la nuit à jouer au poker, mais il avait eu beau avoir affaire à des joueurs aussi chevronnés et téméraires que lui et prendre des risques inconsidérés, ses pensées revenaient invariablement à Adara.

Le lendemain, il se leva tard et résista le plus longtemps possible au désir d'aller la retrouver, mais finit par partir à sa recherche. Il avait trop envie de la revoir… Mais il ne la trouva nulle part. À croire qu'elle l'évitait.

Non qu'il ait l'intention de renouveler la grisante expérience de la veille, interrompue par l'arrivée inopinée du gardien de nuit. Krystof avait cédé à une impulsion subite et Adara ne lui avait opposé aucune résistance. Au contraire, elle avait répondu avec fougue à son baiser. Il repensa à la légende du « Cœur de Rubis » et se demanda s'ils avaient succombé à une sorte d'envoûtement. Avant de repousser aussitôt cette idée saugrenue. Il ne croyait pas à ce genre de niaiseries sentimentales.

En milieu d'après-midi, il reprit la direction du bureau d'Adara en espérant l'y trouver lorsque, consultant son smartphone, il s'aperçut que quelqu'un pensait avoir en sa possession deux robes correspondant à celles d'Adara et Indigo. Parfait. Le prétexte idéal pour aller la voir.

Sauf qu'elle n'était toujours pas dans son bureau. Allant s'informer auprès de Demi, il apprit qu'Adara travaillait dans sa suite. Il s'y rendit illico. Elle l'accueillit d'un air impassible, et regarda les photos qu'il lui montra. Il s'agissait bien des robes recherchées, déclara-t-elle, mais elle n'en serait certaine qu'en les ayant vraiment devant elle.

Les robes se trouvant à Athènes, ils s'y rendirent et échangèrent quelques paroles sur le trajet, mais ni l'un ni l'autre n'évoqua le baiser de la veille. Krystof se garda d'en parler de crainte de brusquer Adara. En vérité, il commençait à se demander s'il réussirait jamais à la convaincre de reprendre leur liaison. L'alchimie était toujours là, plus puissante que jamais, mais elle semblait déterminée à y résister.

Ils eurent néanmoins une bonne surprise en arrivant chez la femme qui pensait avoir les robes d'Adara et Indigo. C'étaient bien leurs tenues !

Ne restait plus qu'à retrouver la robe de mariée d'Hermione – et à retourner les deux robes qu'ils avaient en leur possession aux personnes qui les avait commandées.

— Ne t'inquiète pas, dit-il à Adara tandis qu'ils montaient à bord du ferry. Nous retrouverons la robe d'Hermione.

— J'espère que tu as raison, répliqua-t-elle en rédigeant un SMS.

Un peu plus tard, alors qu'ils roulaient en direction du Ludus, elle reçut un appel et colla l'appareil à son oreille.

L'échange fut bref. Adara mit fin à l'appel et garda le silence, comme pour digérer ce qu'elle venait d'apprendre.

— Dis-moi ce qu'il se passe.

— C'était l'agent du groupe qui devait jouer durant la cérémonie. Les musiciens ont eu un accident, deux d'entre eux sont blessés.

— Ça alors… murmura Krystof.

— Ils s'en sortiront, mais ils vont rester hospitalisés un moment, si j'ai bien compris. Et, nous, nous nous retrouvons sans orchestre pour le mariage.

— C'est peut-être un signe.

— Un signe ?

— Que ce mariage ne doit pas se faire.

— Tu plaisantes ? s'exclama Adara d'un ton incrédule. Tu penses qu'Hermione et Atlas ont tort de se marier ?

Il haussa les épaules. Il aurait mieux fait de garder ses pensées pour lui-même. Sentant le regard d'Adara dardé sur lui, il tourna brièvement les yeux vers elle puis se concentra à nouveau sur la route.

— Reconnais que les obstacles se multiplient. Les futurs mariés ne sont même pas là !

— Ils sont là où ils doivent être. Et peu importe qu'il y ait des obstacles. Il suffit qu'Hermione et Atlas se soient choisis. Et qu'ils aient décidé de se marier.

— Si tu le dis…

— Oui, je le dis et le maintiens.

— OK. Alors, que vas-tu faire ?

— Moi ? riposta-t-elle sèchement. Pourquoi serait-ce à moi de régler ce problème ? Je croyais que tu voulais m'aider ?

Elle ne pensait tout de même qu'il avait une solution magique pour régler ce nouveau contretemps ?

— En effet. Mais c'est différent, cette fois.

— En quoi est-ce différent ?

— Nous avons très peu de temps pour trouver un autre groupe.

— Et pourquoi devrais-je m'en occuper plutôt que toi ?

Se sentant acculé, Krystof dit la première chose qui lui passa par la tête.

— Parce que tu es une femme et que c'est un mariage.

Quand il risqua un coup d'œil dans sa direction, elle avait les bras croisés et le foudroyait du regard.

— Ah oui ? Tu veux dire qu'un homme ne serait pas capable d'organiser un mariage ?

Il soupira.

— Je suis certain qu'un homme serait aussi compétent qu'une femme…

— Tu le penses vraiment ? l'interrompit-elle.

— Oui.

— Très bien. Alors tu peux très bien trouver un autre orchestre.

Seigneur, il en lâcha presque le volant…

— Pardon ?

— Tu as très bien entendu. Tu ne te sens pas à la hauteur ?

Il tourna brièvement les yeux vers elle.

— C'est un défi ?

— Oui, répondit-elle avec un petit sourire espiègle.

Impossible de se défiler, maintenant. Et, si cela pouvait contribuer à amadouer Adara, il était prêt à relever tous les défis du monde.

— Comment dois-je m'y prendre, exactement ?

— L'agent va nous envoyer par e-mail une liste des groupes disponibles.

— Et ensuite ?

— Tu iras les écouter. Il nous précisera aussi les lieux où ils se produisent. Tu n'auras plus qu'à y aller.

— C'est tout ? demanda Krystof.

— C'est tout.

— OK. Je m'en charge.

En réalité, cette mission ne l'enchantait pas. Mais cela ne lui ferait pas de mal d'écouter un peu de musique, après tout. Et s'il y allait avec Adara, ce serait encore plus agréable. Ne restait plus qu'à mettre au point un petit stratagème pour la persuader de l'accompagner.

Le lendemain matin, Adara venait à peine d'entrer dans son bureau que son smartphone vibra dans sa poche. Elle jeta un bref coup d'œil à l'écran et répondit aussitôt.

— Bonjour, Hermione. Comment ça va ?

— Aussi bien que possible. Et, toi, tout se passe bien ?

— Oui, tout va bien au Ludus, commença-t-elle prudemment.

— Mais, toi, tu as un problème. Je l'entends à ta voix. C'est Krystof, je parie ?

Adara se laissa tomber dans son fauteuil.

— Il se porte comme un charme. Et je ne vais pas te parler de ce qui se passe entre lui et moi. Tu as déjà assez de soucis.

— Raison de plus pour me changer les idées. Alors, dis-moi : Krystof te harcèle pour que vous repreniez votre liaison, c'est ça ?

— Pas exactement, répondit Adara en soupirant. Je ne dirais pas qu'il me harcèle, mais… Je ne veux pas revenir en arrière, tu comprends ? Je veux une vraie relation. Quelque chose de sérieux, de stable… Sans que cela débouche forcément sur un mariage, non, mais un engagement réciproque. Je veux savoir que je suis la seule femme qui compte pour lui. Et je ne veux plus qu'il vienne me voir uniquement lorsque son emploi du temps le lui permet. Tu trouves que c'est trop demander ?

— Non, répondit son amie sans la moindre hésitation. Mais ce n'est pas ce que lui veut, je suppose.

— Il veut les bons côtés, pas le reste. Et surtout pas s'engager.

— Je suis surprise qu'il reste au Ludus et ne passe pas son temps dans les casinos du coin.

— Il m'aide.

— Il t'aide ? Ça alors, je n'en reviens pas ! Et comment t'aide-t-il, au juste ?

C'était le moment de parler à Hermione de sa robe de mariée. Il fallait le lui dire maintenant pour lui laisser le temps de s'organiser s'ils ne la retrouvaient pas à temps.

— Il faut que je te dise quelque chose.

— Je savais qu'il y avait un problème. Vas-y…

— Les robes sont arrivées.

— Et ?

— Eh bien… Ce n'étaient pas les bonnes.

— Quoi ? Qu'est-ce que tu dis ?

Adara lui expliqua ce qu'il s'était passé puis lui parla de l'idée de Krystof.

— Il a publié une story en ligne, et nous savons maintenant que nous ne sommes pas les seules à avoir reçu des robes que nous n'avions pas commandées. Nous avons retrouvé ma robe et celle d'Indigo, et nous espérons retrouver bientôt la tienne, mais je ne peux pas te promettre que nous l'aurons à temps pour le mariage.

Silence.

— C'est affreux, finit par dire Hermione. Mais avec tout ce qui est arrivé cette semaine, j'ai appris à relativiser. Et qu'est-ce qu'une robe perdue, au fond, comparé à tout ce qui peut nous tomber dessus du jour au lendemain ? Alors, peu importe que j'aie une robe de mariée ou pas. Ce qui compte, c'est qu'Atlas et moi nous nous aimions.

Elle devait vivre des moments très difficiles pour réagir aussi calmement…

— Tu as raison. Vous êtes faits l'un pour l'autre.

Lorsque, après avoir bavardé quelques instants, elles se dirent au revoir et raccrochèrent, Adara était plus déterminée que jamais à faire en sorte que ce mariage soit le plus beau qui ait jamais eu lieu sur l'île.

Krystof relut l'e-mail de l'agent transféré par Adara. Aujourd'hui, il avait deux groupes à évaluer. L'un se produisait dans une école. Quel âge avaient les musiciens… ?

L'autre groupe donnait un concert dans une galerie d'Athènes. Il irait volontiers les écouter. En revanche, cette histoire de fête d'école… Cependant, il s'y rendrait, pour ne pas décevoir Adara.

Il devait être sur place à 19 heures. Avec un peu de chance, le groupe jouerait en début de soirée, ce qui lui permettrait d'arriver à temps à la galerie.

Vêtu d'une chemise blanche entrouverte à l'encolure, d'un jean anthracite et d'un blazer bleu marine, des mocassins en daim aux pieds, Krystof sortit de sa suite et se dirigea vers le grand hall, lorsqu'il tomba soudain nez à nez avec Adara.

Ils s'arrêtèrent net, aussi surpris l'un que l'autre. Le temps ralentit tandis qu'elle le regardait en écarquillant ses yeux bleus dont les pupilles se dilatèrent légèrement.

— Tu tombes bien, je venais justement te voir, dit-elle d'une voix posée.

Elle recula d'un pas et le dévisagea de la tête aux pieds.

— Qu'est-ce que tu en penses ? demanda-t-il quand elle eut terminé son examen.

— Parfait. Tu es superbe.

— Merci, dit-il en souriant.

Il aurait bien ajouté qu'elle aussi était superbe, mais il s'en garda bien.

— Pourquoi voulais-tu me voir ? Je n'ai pas beaucoup de temps. Si je veux écouter les deux groupes, j'ai même intérêt à me dépêcher.

— J'allais te voir pour te dire que j'avais terminé ma journée et que si tu voulais, je pouvais t'accompagner.

Avait-il bien entendu ? Elle désirait passer la soirée avec lui ? Sans y être obligée ? Krystof sentit la tête lui tourner…

À moins qu'elle souhaite l'accompagner parce qu'elle ne lui faisait pas confiance. Eh bien, il allait lui prouver le contraire. Et retourner la situation à son avantage.

— Tu peux venir avec moi à condition d'être prête à dîner un peu tard.

Elle le regarda en plissant les yeux.

— Tu me fais du chantage, c'est ça ?

— Non ! s'exclama-t-il en riant. Mais je me disais que je pourrais profiter d'être à Athènes pour essayer un de ces nouveaux restaurants dont j'ai entendu parler.

— Ah, je vois, murmura-t-elle en baissant les yeux.

— Si cela ne te tente pas, ce n'est pas grave. J'irai seul.

— Non, je t'accompagne.

— OK, alors allons-y. Je ne veux pas rater le premier groupe.

Sur ce, il se détourna et s'avança dans le grand hall.

Quand ils furent sur la route, ils n'échangèrent pas un mot mais le silence n'était pas désagréable. Il était… amical. Krystof regarda Adara à la dérobée. Baigné dans les derniers rayons du soleil, son profil était encore plus beau.

Arrivé à proximité de l'école, il aperçut une place libre dans le parking de l'établissement et se gara.

— On y va ? demanda-t-il en se tournant vers Adara.

Elle hocha la tête et ouvrit sa portière tandis qu'il descendait rapidement de voiture. Il la rejoignit et s'immobilisa devant elle. Leurs regards se croisèrent. Le temps sembla s'arrêter… Krystof baissa les yeux sur le cou d'Adara, à l'endroit où battait rapidement le pouls, comme en écho aux battements de son propre cœur. Il contempla la belle bouche pulpeuse. Il ne pensait plus qu'à une chose, l'embrasser.

Quand il lui enlaça la taille et l'attira vers lui, il entendit le petit halètement qui franchit ses lèvres. Il pencha la tête et prit sa bouche. Elle était encore plus douce que dans son souvenir. Et son goût encore plus divin. Il ne se lasserait jamais de cette femme, songea-t-il soudain. Il pourrait la garder dans ses bras toute la nuit si elle le laissait faire.

Adara ne réagit pas tout de suite. À tel point qu'il pensa qu'elle allait le gifler ou le repousser. Mais, soudain, elle s'abandonna contre lui. Ses lèvres pleines bougèrent sous les siennes, et quand il les caressa du bout de la langue, elle lui ouvrit sa bouche en laissant échapper une plainte qui s'insinua en lui et se propagea dans toutes les fibres de son corps.

Jamais il n'avait autant désiré une femme. Et jamais aucune femme n'avait suscité des réactions aussi puissantes en lui. Des frissons brûlants le parcouraient de part en part. Sa libido réclamait, exigeait.

Un bruit de moteur attira son attention. Une voiture entrait dans le parking. Krystof resserra son étreinte de crainte qu'après cet enivrant baiser, Adara dresse un nouveau mur entre eux. Un mur qui serait cette fois infranchissable.

Hélas, il n'eut pas le choix. L'automobiliste voulait se garer dans la place qui venait de se libérer, à côté de la voiture d'Adara. À son grand regret, il écarta ses lèvres des siennes et redressa la tête. Les fines paupières mauves tressaillirent, puis elle le regarda et battit des cils, mais l'éclat ardent demeura dans les beaux yeux bleus.

— Nous ferions mieux de nous éloigner, murmura-t-elle.

Krystof acquiesça d'un hochement de tête et lui offrit son bras, qu'elle contempla d'un air hésitant.

— Allez. Ne les faisons pas attendre.

Elle tiqua mais glissa le bras sous le sien.

Quand ils traversèrent le parking, il ne put s'empêcher de remarquer combien tout ceci lui paraissait… naturel. Il avait eu beaucoup de femmes à son bras, mais avec Adara, c'était différent. Non seulement elle était la plus belle femme qu'il ait jamais connue, mais elle représentait pour lui le plus grand défi. Or il adorait les défis.

— Quelque chose ne va pas ? demanda soudain Adara.

— Tu disais ?

Perdu dans ses pensées, il ne s'était même pas aperçu qu'elle lui parlait.

Elle s'arrêta et dégagea son bras.

— Tu ne m'écoutes pas. Qu'est-ce qu'il y a ?

— Rien.

— Très bien. Si tu ne réponds pas à cette question, fais au moins un effort pour celle-ci : pourquoi m'as-tu embrassée ?

Son regard descendit sur les lèvres rose vif gonflées par leur baiser. Seigneur, cette bouche…

— Pour te prouver que la spontanéité n'est pas une mauvaise chose, dit-il en levant les yeux vers les siens. Que s'y laisser aller peut même s'avérer délectable.

Il sourit.

— Tu veux une nouvelle démonstration ?

Silence.

Sa proposition la tentait ?

— Non. Cela ne doit plus jamais arriver.

Plus jamais ? Ça alors ! Elle avait aimé ce baiser autant que lui, Krystof en était certain. Alors pourquoi cet acharnement à dresser un mur entre eux ?

Le malentendu était éclairci. Elle savait qui était la femme de l'hôtel, à Paris. Attendait-elle davantage de lui ? Adara savait qu'il n'était pas homme à s'engager. En revanche, il lui avait été fidèle depuis leur rencontre, le jour de la Saint-Valentin. En vérité, le fait qu'elle ait été la seule femme de sa vie durant tous ces mois le choquait lui-même.

— Nous allons être en retard, reprit-elle d'un ton neutre en s'avançant vers la sortie du parking.

Il resta un instant immobile à la regarder puis lui emboîta le pas, et ils se dirigèrent bientôt vers la salle indiquée par une adolescente souriante qui se tenait à l'entrée du bâtiment pour orienter les visiteurs.

À présent, il allait avoir besoin de l'aide d'Adara, parce que sélectionner un groupe de musiciens ne faisait pas partie de ses spécialités, loin de là. Mais ce n'était pas plus mal, finalement. Parce que, au lieu de lui prouver qu'elle pouvait lui faire confiance, il allait au contraire lui montrer combien il était un piètre expert en la matière. Et alors, elle n'aurait pas le choix. Elle devrait l'accompagner à tous les concerts. Ce qui fournirait à Krystof une excellente occasion de lui faire découvrir d'autres aspects délectables de la spontanéité. Parce que ça, c'était sa spécialité.

8.

Ce n'était pas le fait qu'il l'ait embrassée, le plus inquiétant. C'était sa propre réaction. Adara aurait voulu qu'il ne s'arrête jamais.

Dès que les lèvres de Krystof avaient effleuré les siennes, son cœur s'était emballé. Elle avait tout oublié. Notamment qu'il vivait au jour le jour, sans attaches d'aucune sorte, et qu'il refusait de se fixer quelque part. À quoi avait-elle pensé ? À rien. C'était bien le problème.

Le mariage d'Hermione et Atlas lui paraissait trop proche et trop éloigné à la fois. Les quelques jours à venir allaient représenter une véritable épreuve. Impossible d'éviter Krystof : ils travaillaient ensemble et elle avait besoin de lui.

Cependant, Adara hésitait à aller écouter un nouveau groupe avec lui comme prévu. Mais pouvait-elle lui faire confiance ? Serait-il capable de choisir des musiciens appropriés ? D'après ce qu'elle avait constaté le vendredi soir – on était maintenant dimanche –, il ne prenait pas son travail très au sérieux. Il aurait été prêt à choisir le premier groupe sans même écouter le suivant. Ces musiciens étaient excellents, c'est vrai, mais elle tenait à entendre les autres pour être certaine de faire le bon choix.

Un peu gênée de lui demander de faire son travail, elle demanda à Demi si cela l'ennuierait d'étudier la proposition envoyée par un traiteur à qui elle avait demandé un devis. La jeune femme accepta d'emblée en souriant, avant d'ajouter qu'elle était contente de lui rendre service. Soulagée, Adara se dirigea vers sa suite. Le concert ayant lieu en plein air, dans un parc, elle se sentirait mieux en robe légère et sandales, plutôt qu'avec un chemisier à manches longues et des hauts talons.

Il ne lui fallut pas longtemps pour se changer. Ensuite, elle décida de laisser ses cheveux onduler librement sur ses épaules et retoucha rapidement son maquillage.

— J'arrive ! cria-t-elle lorsqu'on frappa soudain à la porte.

Après un dernier coup d'œil à son reflet, elle prit son petit sac brodé et avança vers la porte, en s'arrêtant au passage pour saisir le plaid posé sur le bout de son lit – il n'y aurait peut-être pas assez de chaises. Ou pas de chaises du tout.

Elle ouvrit la porte, et Krystof apparut devant elle, l'épaule appuyée au chambranle. Lentement, il promena son regard sur elle, de haut en bas puis en sens inverse.

— Tu es belle.

Son cœur fit un petit bond, elle rosit.

— Merci.

Adara sortit de la pièce et referma la porte derrière elle.

— On y va ? demanda-t-elle en haussant les sourcils.

— Je te suis.

Elle allait devoir rester très vigilante, si elle ne voulait pas faire une bêtise qu'elle regretterait ensuite. Prendre cette sortie pour un rendez-vous galant, par exemple.

— Au fait, dit Krystof derrière elle. Si tu n'as pas envie d'y aller, nous pouvons prendre le premier groupe que nous…

— Tu parles sérieusement ? l'interrompit-elle en se retournant vers lui.

— Oui. Tu as reconnu toi-même qu'ils étaient excellents.

— Ce mariage doit être parfait, déclara-t-elle fermement. Tu ne veux pas qu'Atlas soit heureux ?

Il haussa les épaules.

— Je ne pense pas qu'il prêtera grande attention à la musique.

— Peut-être, mais il voudra qu'elle plaise à Hermione.

— Je ne comprends pas, dit-il en marchant à son côté.

— Qu'est-ce que tu ne comprends pas ?

— Qu'il veuille se marier. Il se débrouillait très bien tout seul. Et tout le monde sait que la plupart des mariages ne durent pas.

— Je savais déjà tu n'étais pas un adepte de l'engagement, mais j'ignorais que tu ne supportais pas que tes amis puissent non seulement s'engager, mais aller jusqu'à se marier.

— Je dis la vérité, c'est tout, répliqua-t-il sans la regarder. Tu n'as qu'à regarder les statistiques.

Ne sachant pas comment lui faire comprendre que tout le monde ne partageait pas son avis, Adara garda le silence tandis qu'ils traversaient le complexe hôtelier. Puis durant tout le trajet.

Lorsqu'ils furent arrivés aux abords du parc et que Krystof eut trouvé un endroit où se garer, il se tourna vers elle.

— Je suis puni, c'est ça ? Tu ne m'adresseras pas la parole de toute la soirée parce que je ne suis pas favorable au mariage ?

Elle se tourna vers lui avant de le regretter aussitôt. Dans cet espace restreint, les épaules de Krystof paraissaient encore plus larges, et il était là, tout près… Beaucoup trop près, constata Adara, le cœur battant à un rythme sauvage.

Ce ne fut qu'en voyant un sourire s'ébaucher sur la belle bouche sensuelle qu'elle reprit ses esprits. Elle avait besoin de prendre l'air et de mettre un peu de distance entre eux.

Sans dire un mot, elle se détourna, ouvrit la portière et, le plaid plié sur un bras, elle descendit du véhicule. Il y avait déjà beaucoup de monde dans le parc, la plupart des gens étant rassemblés aux alentours de la scène.

Cherchant des yeux un endroit d'où ils verraient bien les musiciens sans être noyés dans la foule, elle repéra un petit coin tranquille, sous un arbre, et s'avança dans cette direction, certaine que Krystof la suivait.

— On s'assoit ici ? demanda-t-elle sans se retourner.

— Si tu veux.

Elle n'avait pas besoin de lui pour étaler le plaid, mais il posa la glacière et insista pour l'aider, naturellement.

Ensuite, ils s'assirent côte à côte, puis il se tourna vers elle.

— Tu as faim ?

Non, mais s'ils mangeaient, ils n'auraient pas à se parler.

— Je mangerais bien quelque chose. Qu'as-tu emporté ?

— Moi ? Je n'ai rien eu à faire, ils se sont montrés très serviables, à la cuisine.

— Oui, répliqua Adara en souriant. Ils sont doués pour préparer des repas à emporter. Nos hôtes le savent et leur en demandent souvent.

Elle était très fière de tous ceux avec qui elle travaillait. Toutes et tous se mettaient en quatre pour faire en sorte que les hôtes apprécient leur séjour au Ludus. Aussi ne fut-elle pas surprise de voir Krystof sortir un assortiment de fromages, de légumes crus et cuits, et des fruits frais. Tout avait l'air délicieux.

À cet instant, le pianiste du groupe de jazz local commença à jouer. Les notes montèrent du clavier et se dispersèrent dans l'air, deux violonistes, un guitariste et un batteur se tenant prêts à les accompagner. La mélodie entraînante captiva instantanément Adara.

Ils mangeraient après.

Le concert du parc lui avait énormément plu. L'espace d'un moment, elle avait oublié tous ses soucis.

Une fois de retour au Ludus, Krystof la raccompagna jusqu'à sa suite et s'arrêta sur le seuil, comme s'il ne savait pas s'il devait entrer ou s'en aller.

Adara posa son sac sur la table basse et se tourna vers lui.

— Tu n'entres pas ?

Il s'avança et referma la porte puis alla s'asseoir sur le sofa.

— Tu crois que nous avons trouvé le groupe qu'il nous faut ?

— Je ne sais pas. Il nous en reste un à écouter après-demain.

— Ah…

— Oui, je tiens à les entendre tous avant de choisir. Tu veux boire quelque chose ?

— Je veux bien de l'eau, merci.

Elle sortit deux petites bouteilles d'eau du mini-réfrigérateur et en tendit une à Krystof, ôta ses sandales et s'assit en tailleur à côté de lui.

Son attitude hostile envers le mariage l'inquiétait. Elle s'inquiétait pour lui. Il avait vécu quelque chose d'horrible qui l'avait marqué, meurtri profondément. À tel point qu'elle craignait qu'il ne puisse jamais se laisser aimer par quelqu'un. S'il doutait de l'amour d'Atlas et Hermione, alors qu'il suffisait de les voir ensemble pour comprendre qu'ils étaient faits l'un pour l'autre et avaient trouvé l'amour vrai, comment pourrait-il jamais concevoir de vivre la même chose ?

Adara déboucha sa propre bouteille et but une longue gorgée d'eau fraîche avant de tourner la tête vers lui.

— Pourquoi penses-tu qu'Hermione et Atlas sont mal assortis ?

Krystof se pencha en avant pour poser sa bouteille sur la table.

— Je n'ai pas dit qu'ils étaient mal assortis.

— Non, c'est vrai. Mais tu penses qu'ils ne devraient pas se marier.

Il se tourna vers elle.

— En effet, répliqua-t-il en la regardant dans les yeux. Et ce sont deux choses différentes. Je reconnais qu'ils forment un couple magnifique. Pour l'instant.

— Pour l'instant ? répéta Adara, stupéfaite. Alors tu penses qu'ils vont se séparer ?

— D'après les statistiques, peu de couples résistent au temps.

Elle se redressa, agacée.

— Qu'est-ce que tu es barbant, avec tes statistiques !

Pas troublé le moins du monde par sa réaction, il s'appuya en arrière et posa le bras sur le dossier du sofa.

— Les chiffres sont fiables. Ils ne trompent pas.

— C'est pour cela que tu aimes tant jouer aux cartes ?

— Les jeux de cartes sont basés sur des probabilités. Les probabilités ne sont pas fiables, mais elles sont intelligibles.

— Alors ce qui te déplaît, dans l'engagement, c'est le fait que des émotions entrent en jeu, et que tu penses que les émotions ne sont pas fiables ?

— Sans doute.

— Pourquoi as-tu accepté d'être le témoin d'Atlas si tu penses que son mariage est voué à l'échec ?

— Je n'allais tout de même pas le laisser tomber, dit-il en fronçant les sourcils.

— Ainsi, quand il s'agit de relations amicales, les émotions ne te posent pas de problèmes ?

— Je… Il ne s'agit pas d'émotion, vis-à-vis d'Atlas. Mais il est mon meilleur ami. Je le connais depuis l'enfance, depuis l'époque où nous allions à l'école ensemble. Je ne le laisserai jamais tomber.

Par conséquent, il était capable de s'engager. Au moins en amitié. Si seulement il se permettait de prendre des risques sur le plan amoureux…

— À quoi penses-tu ?

Se sentant rougir, Adara détourna les yeux.

— Je pensais seulement que pour quelqu'un qui passe son temps à prendre des risques au jeu, tu n'es pas prêt à faire la même chose avec les gens. Et je me demande pourquoi.

— Peut-être parce que, dès l'enfance, j'ai connu beaucoup d'incertitudes et de risques. Et que maintenant je préfère limiter ceux que je prends à la table de jeu.

Et il avait décidé ne plus se fier à personne, songea Adara, le cœur serré. Or elle voulait qu'il comprenne qu'il pouvait lui faire confiance. Que tout le monde ne partait pas du jour au lendemain. Que toutes les histoires d'amour ne débouchaient pas forcément sur une rupture.

Elle tourna la tête vers lui et soutint son regard.

— Tu peux avoir confiance en moi. Je ne partirai pas.

Krystof avait confiance en elle – en tant qu'amie.

Or il prenait soudain conscience qu'Adara attendait autre chose de lui. Qu'elle lui demandait bien plus que de l'amitié. Et cette pensée le terrifiait.

Jouer des sommes colossales ne lui faisait pas peur. Mais baisser la garde avec Adara représentait un risque qu'il ne se sentait pas la force d'assumer. Elle représentait un danger à cause de sa propension à ébranler ses défenses. C'était tentant de capituler, de s'autoriser à s'attacher à elle mais, ce faisant, il aurait mis son propre équilibre en péril.

— Parle-moi, poursuivit-elle d'une voix douce. Dis-moi ce qui t'a amené à détester l'idée même d'engagement.

Il ne pouvait dévoiler ses blessures jamais cicatrisées. Mais il n'avait pas encore ressenti un tel désir de se confier à quelqu'un. Il ne parlait jamais de son passé. Pas même avec Atlas.

— Tu peux me parler, reprit-elle en lui posant la main sur la cuisse. De tout. Tu n'as pas besoin de te protéger de moi.

C'était ce qu'elle croyait ? Il ne cherchait pas à se protéger mais à la protéger elle, du sombre chaos qui régnait au plus profond de lui-même. Si elle savait ce qu'il avait vécu autrefois, elle partirait en courant, sans un regard en arrière.

— Cela ne t'intéresserait pas, dit lentement Krystof.

— Tu te trompes. Du moment que cela te concerne, ça m'intéresse.

Peut-être devrait-il tout lui raconter, au fond. Pour qu'elle comprenne qu'il ne serait jamais le mari aimant et le père dévoué dont elle rêvait. À supposer qu'il accepte de se fixer quelque part, qu'il renonce à sa vie nomade, il ne pourrait jamais être ni l'un ni l'autre. Il ne saurait même pas comment faire. Adara méritait mieux qu'un type comme lui.

Mais s'il lui parlait de son passé, tout serait terminé entre eux. Elle verrait ce qui se cachait derrière la façade, à quel point il était détruit à l'intérieur. Et il se retrouverait seul au monde. Une fois de plus.

Choisir la solitude sans savoir ce que ce serait de partager son existence avec un être aussi attentionné et adorable qu'Adara, c'était une chose. Mais savoir que ce genre de douceur et de compagnonnage harmonieux existaient et puis les perdre, Krystof ne pourrait le supporter. Le simple fait de l'imaginer l'emplissait de terreur.

La peur n'avait pas de place dans sa vie. Par conséquent, il n'avait pas le choix. Il devait dissuader Adara d'attendre de lui plus qu'il n'avait à lui offrir.

Il laissa remonter les souvenirs enfouis. Le sentiment d'impuissance éprouvé à l'adolescence le submergea. Il revécut le moment où devenu enfin majeur, puis autonome, il avait pris la décision de ne jamais se laisser piéger par ses souvenirs. Alors, il dirait à Adara ce qu'il avait vécu et, ensuite, il renfermerait ses fantômes dans leur boîte et la verrouillerait à double tour.

Adara attendait patiemment, en silence. Krystof n'avait jamais laissé personne s'approcher de lui suffisamment pour l'interroger sur son style de vie, sur son refus de s'installer quelque part. Et il vivait ainsi depuis si longtemps qu'il trouvait cela normal… jusqu'au jour où Adara était entrée dans son existence.

— Je n'ai jamais connu mes parents, commença-t-il après s'être éclairci la voix. Je ne sais pas s'ils sont vivants ou morts. Je ne connais pas leurs noms. Je ne sais pas pourquoi ils m'ont abandonné. Je ne connais même pas mon nom de baptême, si j'en ai jamais eu un. Le nom que je porte m'a été donné par une assistante sociale.

Tournant brièvement les yeux vers Adara, il vit des larmes briller dans les siens et se raidit. Il ne voulait de pitié de personne, surtout pas d'elle.

Krystof se concentra sur sa bouteille d'eau posée sur la table. S'il tenait compte des réactions d'Adara, il n'arriverait pas au bout de son récit.

La bouche soudain sèche, il déglutit avec peine.

— La troisième, non, la quatrième famille d'accueil dans laquelle j'ai atterri ne me supportait pas. J'avais le don de me fourrer dans des situations inextricables, et cela durant toute mon enfance. J'étais trop curieux et beaucoup trop intelligent. Mais quand j'ai été assez grand pour penser par moi-même, j'ai compris que je devais partir. Que je n'étais pas à ma place chez ces gens. Je m'imaginais que mes parents biologiques m'attendaient quelque part et que je n'avais qu'à les retrouver. J'étais persuadé qu'à partir de là, tout irait bien.

Il s'interrompit pour tâcher d'apaiser les émotions qui se bousculaient en lui. Il se rappela le désespoir du petit garçon qu'il avait été, son besoin et son manque d'amour. Il s'était senti si perdu, si seul, avec ces gens qui n'éprouvaient pas la moindre affection pour lui.

— Chaque fois que je fuguais, poursuivit Krystof, on me ramenait dans ma famille d'accueil. Et chaque fois, les gens qui me tenaient lieu de parents m'enfermaient dans une pièce minuscule et sans fenêtre et m'y laissaient plusieurs jours. Il n'y avait rien. Pas de lit. Pas de couverture. Même pas un oreiller. Parfois, j'avais l'impression que j'allais devenir fou.

En pensée, il revit la pièce nue et ses quatre murs dans les moindres détails. Personne ne devrait jamais être traité de façon aussi inhumaine.

— Dans cette maison, ma sœur d'adoption était la seule

personne dont je m'étais jamais senti proche. Quand les adultes étaient occupés, elle se glissait jusqu'à la porte de la pièce où j'étais enfermé, et nous jouions à des jeux, des sortes de jeux de lettres que nous inventions, avec des sons, des mots à deviner… Je ne sais pas si j'aurais survécu sans Celeste. Je lui en serai éternellement reconnaissant. Si elle s'était fait prendre, elle l'aurait payé très cher.

Adara posa la main sur la sienne et la serra légèrement.

— Je n'aurais jamais imaginé que tu aies connu un tel enfer.

— Évidemment, c'est normal. Seule Celeste sait ce que j'ai enduré, parce qu'elle l'a vécu avec moi. Il m'arrive encore d'avoir des crises de claustrophobie.

Il regarda Adara.

— Tu comprends ce que je dis ?

— Je suis vraiment désolée que tu aies traversé des épreuves aussi horribles, répliqua-t-elle de la même voix douce. Je n'arrive même pas à comprendre comment tu as pu t'en sortir, après tout cela.

— Arrête. Ne me regarde pas de cet air compatissant. Je ne te l'ai pas raconté pour que tu sois désolée pour moi. Je te l'ai dit pour que tu comprennes que je ne pourrai jamais être l'homme que tu mérites.

— L'homme que je mérite ? répéta-t-elle en haussant les sourcils. Je ne comprends pas.

Il dégagea sa main et se leva puis se mit à faire les cent pas dans la pièce.

— Je ne peux pas changer mes habitudes, m'installer quelque part. Je ne peux pas supporter l'idée de me retrouver enfermé dans une maison, dans un mode de vie… normal. Je… Je ne peux pas.

Lui avait-il vraiment avoué tout cela ? Krystof ne pouvait s'empêcher de se demander ce qu'Adara pensait de lui, à présent. Le voyait-elle comme un pauvre type incapable de surmonter un traumatisme d'enfance ? Ou, pire, avait-elle pitié de lui ?

Il s'avança vers la porte. Il devait partir. Maintenant qu'il lui avait expliqué combien il était brisé à l'intérieur, elle savait qu'ils ne pourraient jamais être ensemble. Pas comme elle le souhaitait, en tout cas.

Mais soudain, Krystof sentit les bras minces lui envelopper la taille, en même temps qu'Adara appuyait la joue contre son dos. Pétrifié, il ne dit pas un mot. Elle le tenait enlacé, et il la laissait faire. Au bout de quelques instants, il voulut écarter les bras lui entourant la taille mais, au lieu de cela, il posa les mains sur les siennes. Puis il ferma les yeux et s'autorisa à accepter le réconfort qu'elle lui offrait.

Ils restèrent là au milieu de la pièce, immobiles et silencieux. Une goutte d'eau tomba sur sa main, bientôt suivie d'une autre. Il leva la main, la posa sur sa joue et constata qu'il pleurait. Les larmes qu'il ne s'était jamais permis de verser coulaient enfin. Il s'était toujours répété qu'il était fort, que pleurer n'était pas pour lui. Mais subitement, avec Adara, les émotions refoulées depuis si longtemps remontaient à la surface malgré lui.

Quand Adara le lâcha, il crut qu'elle allait s'en aller. Mais elle vint se placer devant lui et plongea son regard dans le sien, puis lui caressa la joue, essuyant les larmes qui continuaient de couler.

Et lorsque soudain elle se haussa sur la pointe des pieds et appuya ses lèvres sur les siennes, Krystof eut l'impression de se noyer dans sa solitude et son isolement volontaire. Et Adara était la bouée de sauvetage qui le ramenait chez les humains.

Il l'embrassa avec une passion, une soif encore jamais ressenties. Il la serra contre lui. Son corps mince et doux s'ajustait parfaitement au sien. Seigneur, elle lui avait tellement manqué.

La réalité disparut. Il ne pensa pas aux conséquences de ses actes. Plus rien n'existait que le présent.

Quand il la souleva dans ses bras, elle lui referma aussitôt les bras autour du cou. Leurs bouches ne s'étaient pas séparées un seul instant. Adara était son oxygène. Sans elle, il aurait étouffé.

Il l'emporta vers le lit immense et l'étendit doucement sur le jeté en soie sauvage, tandis qu'elle restait accrochée à lui et l'attirait jusqu'à ce qu'il soit allongé sur elle.

Cette nuit serait mémorable. Et si c'était la dernière qu'ils partageaient, il en ferait des souvenirs merveilleux qu'il garderait en lui jusqu'à son dernier jour.

9.

Lorsque Adara se réveilla le lendemain matin, elle comprit avant même d'ouvrir les yeux qu'elle était seule dans le grand lit.

Elle souleva les paupières, promena son regard dans la chambre. Krystof avait disparu.

Quelques mois plus tôt, il ne l'aurait jamais quittée ainsi. Il était toujours là à son réveil, profondément endormi. Il était un incorrigible couche-tard, disait-il, et Adara une impardonnable lève-tôt. Elle sourit à cette pensée, mais ce matin, ni café bu au lit, ni protestations de Krystof qui grognait qu'il était bien trop tôt pour se lever.

Cependant, elle ne lui en voulait nullement d'être parti pendant qu'elle dormait. Parce qu'elle avait repris espoir. Ils avaient fait un pas immense, la veille au soir. À présent, elle voyait Krystof sous un jour complètement différent.

Dès le tout début de sa vie, les personnes en qui il aurait dû avoir confiance l'avaient trahi de la pire façon qui soit. Ses parents biologiques l'avaient abandonné tout bébé. Plus tard, il avait été victime de maltraitances de la part des deux personnes censées lui servir de parents. Des larmes lui montèrent aux yeux. Comment pouvait-on infliger des traitements aussi cruels à un enfant ?

Adara repoussa le drap et se leva. On était lundi. Elle avait rendez-vous avec son gynécologue. Pourvu qu'il s'agisse d'un problème mineur qui puisse se régler facilement – avec une semaine de congé, par exemple. Ou, au pire, avec un traitement médical.

Elle mit la machine à café en route et avança vers la salle de bains. Elle irait retrouver Krystof à son retour. Après ces confidences douloureuses, il se sentait peut-être vulnérable, aussi tenait-elle à lui dire que cela ne changeait rien entre eux. Au contraire, elle se sentait bien plus proche de lui, maintenant.

Quarante-cinq minutes plus tard, douchée et habillée, elle traversa le salon, ses clés de voiture à la main. Mais quand elle ouvrit la porte, elle aperçut Krystof qui faisait les cent pas dans le couloir.

— Depuis combien de temps es-tu là ? demanda-t-elle, interloquée.

— Je… Je ne sais pas trop.

Des cernes foncés soulignaient ses yeux, comme s'il n'avait pas dormi de la nuit.

— Pourquoi fais-tu les cent pas dans le couloir ? Tu aurais dû rentrer dans ma suite.

— Je ne savais pas si tu étais réveillée et je ne voulais pas te déranger. Tu dormais si paisiblement quand je me suis levé.

Lorsque Adara s'avança pour le prendre dans ses bras, il recula. OK. Pas de problème. Tout allait bien. Après ce qui s'était passé la veille, c'était normal qu'il réagisse ainsi.

Elle vérifia l'heure. Si elle n'était pas sur la route dans cinq minutes, elle arriverait en retard au cabinet médical. Or elle ne pouvait se permettre de rater ce rendez-vous.

— Il faut qu'on parle, Krystof, mais j'ai un rendez-vous important. On se voit plus tard ?

Il la dévisagea un instant en silence puis hocha la tête. Adara se haussa sur la pointe des pieds et déposa un petit baiser sur la joue pas rasée, avant de s'avancer rapidement dans le couloir.

Elle le fuyait.

Il avait perdu tout prestige à ses yeux.

Le premier réflexe de Krystof fut de partir, de sauter dans son jet et de s'envoler pour le premier casino venu. Comme il le faisait lorsque sa vie devenait trop compliquée.

Mais il avait promis à Adara de l'aider et il tiendrait parole, même si la perspective de devoir affronter la pitié qui se lisait dans ses yeux lui était insupportable.

Tout en se dirigeant vers sa propre suite, il appela son assistant pour lui demander de lui envoyer les états financiers de l'entreprise de haute technologie qu'il était de plus en plus décidé à reprendre. Puis il regarda s'il y avait du nouveau concernant la robe perdue d'Hermione. Toujours rien. Mais il ne perdit pas espoir pour autant.

Une fois arrivé dans sa suite, il alluma son ordinateur portable et ouvrit les fichiers que venait de lui envoyer son assistant. Il commença à se détendre. Les chiffres étaient fiables. Ils ne mentaient jamais. Un plus un égalaient toujours deux.

Les minutes se transformèrent en heures tandis qu'il travaillait dans son salon, coupé du monde entier. Il refoula au fin fond de son esprit les souvenirs de ce qui s'était passé la veille avec Adara, et ceux de leurs fabuleuses étreintes. Il ne savait pas si elle avait passé la nuit avec lui parce qu'elle le désirait, ou si elle l'avait fait par compassion. Hélas, il craignait fort que ce soit la seconde hypothèse, ce qui n'était pas pour lui remonter le moral.

En fin d'après-midi, Krystof reçut une alerte sur son smartphone.

Quelqu'un avait la robe de mariée d'Hermione ! Bon, on ne pouvait pas en être sûr à cent pour cent, mais à en juger par les photos publiées par cette femme, c'était la bonne. Et il semblait qu'Adara soit en possession des deux robes recherchées par cette même femme, laquelle se proposait de venir au Ludus le lendemain matin pour procéder à l'échange.

Il appela Adara, mais elle ne répondit pas. Il se leva pour se préparer une tasse de café puis réessaya. Cette fois, il tomba sur la boîte vocale.

Krystof souleva sa tasse en plissant le front. Il ne s'était pas trompé. Elle l'évitait. Et elle avait bien passé la nuit avec lui parce qu'elle avait pitié de lui. Au lieu de mettre les choses au point, ce qu'il lui avait révélé sur son enfance n'avait fait que compliquer davantage la situation.

Quand il arriva devant la porte du bureau d'Adara, il la trouva fermée à clé. Il alla voir si elle était dans sa suite et toqua, mais en vain. Ne restait plus qu'à demander à son assistante si elle savait quelque chose.

Avec son efficacité coutumière, Demi se renseigna en quelques clics et lui annonça qu'Adara se trouvait dans l'appartement d'Atlas et Hermione.

Que faisait-elle là-bas ? Leurs amis étaient-ils rentrés ?

Grâce aux indications de Demi, il arriva bientôt devant l'ascenseur privé permettant d'accéder à l'appartement.

— Oui ? fit la voix d'Adara dans l'Interphone.

Il s'éclaircit la voix

— J'ai du nouveau.

— Monte.

Les portes miroir s'ouvrirent aussitôt. Krystof entra dans la cabine en se demandant à nouveau ce qu'elle pouvait bien fabriquer là-haut.

Quelques secondes plus tard, les portes se rouvrirent sur une vaste entrée lumineuse, un grand tableau coloré ressortant sur l'un des murs blancs. Et Adara l'attendait.

Il s'avança vers elle.

— J'ai essayé de te joindre.

— Ah ? fit-elle en sortant son smartphone de sa poche.

Elle baissa les yeux sur l'écran et fronça les sourcils.

— Je n’ai plus de batterie. J’ai oublié de le recharger hier soir.

— À propos d’hier soir…

— Entre, je t’en prie, l’interrompit-elle. Indigo est là.

Krystof la suivit tandis qu’elle entrait dans un salon immense. Il aperçut Indigo, assise à une table installée devant une baie vitrée occupant tout un côté de la pièce et offrant une vue spectaculaire sur la plage et la mer. Ils se dirent bonjour, puis Krystof se tourna vers Adara.

— Qu’est-ce que vous faites ?

Elle s’assit en face d’Indigo.

— Nous préparons les *koufeta*. Et tu arrives à point pour nous aider.

— Tu plaisantes ?

— Allez, viens, dit Indigo en tapotant le siège libre à côté du sien.

Après un instant d’hésitation, Krystof s’assit à côté d’elle tandis qu’Adara soulevait un pochon en tulle blanc contenant des dragées – les *koufeta* –, blanches elles aussi.

Il la regarda faire tourner le pochon d’une main tout en le tenant par le haut de l’autre main, avant de le fermer à l’aide d’un morceau de ruban blanc auquel était attaché un petit carton portant une inscription – la date du mariage ainsi que les prénoms des deux mariés, apprit-il après avoir avoué sa totale ignorance en la matière.

— Elles symbolisent la pureté, la prospérité et l’endurance, dit Indigo en déposant quelques dragées sur un nouveau carré de tulle.

Elle en releva les coins et fit un pochon qu’elle ferma avec dextérité par un petit ruban.

— Tu vois ? C’est facile, enchaîna Adara. Tu vas te laver les mains ?

Voyant qu’il hésitait, elle plissa le front d’un air faussement sévère.

— Dépêche-toi. Nous devons en faire deux cents.

— Deux cents ? répéta Krystof, incrédule.

— Oui. Ils ont tenu à inviter tous les habitués et une bonne partie des employés du complexe hôtelier. La cuisine est là, acheva-t-elle en tournant les yeux vers une porte située à l'extrémité de la vaste pièce.

Il se leva avec réticence et alla se laver les mains. Adara se comportait comme d'habitude avec lui… Pouvait-elle avoir été pressée de le quitter uniquement à cause de son rendez-vous important ?

Quand il revint s'asseoir à côté d'Indigo, une pile de carrés de tulle était posée devant lui, ainsi qu'un grand bol contenant des dragées. Il pouvait bien les aider un peu, après tout. Deux cents, ça faisait beaucoup…

Au moment où il allait faire tourner son premier pochon avant de le fermer, Adara lui demanda s'il avait compté les dragées.

— Non. Je ne savais pas qu'il fallait le faire.

— Les dragées doivent être en nombre impair. Celui-ci ne pouvant être divisé par deux, le mariage est alors définitivement soudé et le couple indivisible.

Logique. Et tant qu'il s'agissait de nombres, Krystof était à l'aise. Il se mit au travail. Adara rajusta un peu son premier ruban, mais au cinquième il était autonome.

— Au fait, pourquoi voulais-tu me voir ? demanda soudain Adara.

Il ne lui avait pas parlé de la robe de mariée !

— La robe d'Hermione est retrouvée.

— Qu'est-ce que tu dis ? s'exclama-t-elle en reposant le carré de tulle qu'elle venait de soulever. C'est vrai ?

— On te l'apporte demain matin.

— Ça alors ! dit Indigo. Tu es notre sauveur. Attends qu'Hermione apprenne la nouvelle !

Adara tendit la main vers son portable.

— Je l'appelle tout de suite ! Zut, c'est vrai qu'il est déchargé…

— Tiens, prends le mien, dit Krystof en lui tendant son smartphone.

— Merci. Elle va être tellement soulagée !

Elle sortit sur la terrasse pour téléphoner, avant de revenir en souriant. Puis elle alla chercher une bouteille de vin, et ils se remirent au travail. Une heure plus tard, elle appela la cuisine, et on leur apporta bientôt de quoi dîner.

Une fois les deux cents pochons réalisés, il fallut s'occuper des décorations de table… Quand ils eurent terminé, il était presque minuit, et ils tombaient tous les trois de fatigue.

Mais Krystof s'en fichait. Il était soulagé. Le comportement d'Adara n'avait pas changé à son égard. Elle était bien un peu plus réservée que d'habitude, mais sans doute parce qu'elle était épuisée. Ce qui n'avait rien d'étonnant : elle travaillait toute la journée.

Il pourrait peut-être remédier à cela.

10.

— Tu es prête ?

Adara leva les yeux de son écran d'ordinateur et regarda Krystof s'avancer dans son bureau en souriant.

— Prête ? répéta-t-elle en battant des cils.

— Pour l'échange de robes. Ne me dis pas que tu as oublié ?

Elle se ressaisit et sourit.

— Bien sûr que non.

En effet, elle n'avait pas oublié le rendez-vous, mais elle avait d'abord cru qu'il faisait allusion à leur discussion qui n'avait toujours pas eu lieu. Or elle était tellement préoccupée par son problème personnel qu'elle n'y avait plus pensé.

— Et je n'ai pas oublié que nous devions parler tous les deux, enchaîna Adara.

— Moi non plus, répliqua-t-il d'un ton neutre.

Il la dévisagea un instant en silence.

— Mais dis-moi, tu as l'air inquiète… Il est arrivé quelque chose ?

— Non, c'est… le mariage qui me préoccupe. Il reste toujours des détails à régler. Le choix du groupe, par exemple.

— J'y ai pensé et j'ai déjà fait mon choix.

— Mais tu n'as même pas entendu le dernier !

— Pas la peine. Je ne changerai pas d'avis.

Elle soupira.

— OK. Si nous pensons au même, nous n'irons pas écouter le dernier ce soir. D'accord ?

— D'accord.

— Alors, quel est le groupe que tu préfères ?

— Le premier. Le quatuor à cordes que nous avons entendu jouer à l'école. Les musiciens sont excellents et ils ont de la classe, en plus.

Incroyable ! Ils avaient choisi le même...

— Je pense la même chose que toi. Je vais appeler l'agent pour qu'il les contacte. Ouf, un souci en moins !

— Parfait. Allons chercher les robes.

Adara baissa les yeux sur sa tablette.

— Viens, dit Krystof. Tu regarderas ça plus tard.

— On voit bien que ce n'est pas toi qui dois t'en occuper...

Dix minutes plus tard, ils allèrent retrouver les deux femmes qui les attendaient dans le grand hall. Les robes furent échangées et, après le départ des visiteuses, Adara décida d'aller déposer la robe de mariée en sécurité, dans l'appartement d'Atlas et Hermione.

Quand elle redescendit au rez-de-chaussée et sortit de l'ascenseur, elle trouva Krystof qui l'attendait.

— Maintenant, tu peux te détendre, dit-il en souriant.

— Pas encore. Il y a encore tellement de choses à faire.

— Oui, mais d'abord tu as besoin d'un bon déjeuner.

— Il n'est même pas midi, protesta Adara.

— Plus que dix minutes. Et j'ai quelque chose à te proposer.

— Krystof, tu ne comprends pas. J'ai rendez-vous avec M. Grant à 13 heures et, à 14 heures, je dois voir les Papadopoulos.

— Ce que j'ai à te montrer est plus important.

— Je dois m'inquiéter ? demanda-t-elle en plissant le front.

— Non. Viens avec moi.

Il baissa les yeux sur sa tenue.

— Tu as des vêtements et des chaussures plus confortables ?

— Pas ici, non. Je ne pensais pas en avoir besoin.

— Ce n'est pas grave. Nous allons régler ça.

Il lui prit la main.

— Tu viens ?

— Mais, mes rendez-vous…

— Ne t'inquiète pas. Tu me prêtes ton téléphone ?

— Pour quoi faire ? demanda Adara, méfiante.

— Oublie, dit-il en lui lâchant la main. Attends-moi ici, je vais voir Demi et je reviens.

Sur ces paroles, il s'éloigna dans le couloir et disparut.

Qu'est-ce qu'il lui prenait ? Et où voulait-il l'emmener ? Et pourquoi voulait-il voir Demi ?

Adara était partagée. D'un côté, elle brûlait d'envie de suivre Krystof. De l'autre, elle se disait qu'elle n'avait pas le droit de tourner le dos à ses responsabilités.

Finalement, la curiosité l'emporta sur le devoir. Elle avait trop envie de savoir ce qu'il mijotait.

— C'est beau, ici, dit-elle en humant au passage le parfum des grandes fleurs dont les teintes vives ressortaient sur le vert sombre des buissons.

Après qu'ils s'étaient arrêtés brièvement à la boutique du Ludus pour acheter des vêtements confortables et un maillot de bain pour Adara, Krystof l'avait prise par la main et entraînée hors de l'hôtel. Et maintenant ils marchaient sur le sentier qui s'enfonçait dans la végétation de plus en plus dense.

— À t'entendre, on dirait que tu n'étais encore jamais aventurée par ici.

— C'est le cas.

Sur le moment, il en resta sans voix.

— Pardon ? fit-il en passant devant elle avant de se retourner. Tu travailles dans ce complexe depuis plusieurs années et tu n'as jamais exploré les environs ?

— Et alors ? répliqua-t-elle avec un haussement d'épaules.

Je viens au Ludus pour travailler, comme tu l'as dit si justement. Pas pour me prélasser ou me balader toute la journée.

— Et tu n'as jamais eu envie de découvrir cette île magnifique ?

— Je n'ai pas dit cela. Mais je ne peux pas satisfaire toutes mes envies, figure-toi. Des gens comptent sur moi. Tout le monde ne peut pas vivre comme toi.

Aïe. La pique avait fait mouche. Adara avait peut-être raison. Il devrait sûrement s'impliquer davantage, assumer plus de responsabilités. Krystof songea à la société implantée à Paris qu'il comptait reprendre. Il avait examiné les états financiers et ne voyait aucune raison de renoncer à son projet.

— Excuse-moi, reprit-elle. Je n'aurais pas dû dire cela. Je sais que c'est la seule vie que tu connais. La seule qui te convienne.

Il plongea son regard dans le sien. Ce n'était pas la seule vie qu'il connaissait. Avec elle, il découvrait qu'il existait des possibilités qu'il s'était interdit d'expérimenter.

— En route, dit-il en la tirant par la main. Nous sommes presque arrivés.

Du moins l'espérait-il. Il avait entendu parler de cet endroit par Titus, le réceptionniste de nuit.

Ils continuèrent d'avancer, les arbres et les buissons s'espaçant maintenant autour d'eux. On entendait au loin le bruit de l'eau.

Les traits d'Adara s'illuminèrent.

— C'est la chute d'eau ?

— Oui. Si je ne me suis pas trompé de direction. Et il s'agit de deux cascades, si j'ai bien compris.

Sans lui lâcher la main, elle accéléra le pas sur le sentier herbeux qui déboucha bientôt sur une clairière, au fond de laquelle se dressait une paroi rocheuse.

Les cascades étaient impressionnantes. L'une partait du haut de la paroi rocheuse, l'autre de plus bas, l'eau se déversant dans un bassin entouré de rochers plats.

Krystof s'avança et étala la couverture sur l'herbe, puis déposa le panier de pique-nique à côté. Le soleil dardait ses rayons sur la clairière, conférant une sorte de solennité et d'intimité à cet endroit peu fréquenté.

Il regarda Adara tourner sur elle-même pour admirer le paysage, un sourire émerveillé aux lèvres. S'éloignant de quelques pas, il cueillit une orchidée blanche, puis, tenant la fleur dans son dos, il s'approcha d'Adara.

— Inutile de te demander si tu connaissais cet endroit…

— Non ! J'en avais entendu parler, bien sûr, mais je n'y étais jamais venue. C'est si paisible, si beau…

Se rapprochant encore d'elle, il lui tendit l'orchidée.

Une adorable roseur envahit ses pommettes.

— Merci, murmura-t-elle.

Leurs regards se rencontrèrent. Le cœur de Krystof se mit à tambouriner dans ses côtes. Là, à cet instant, il ne désirait qu'une chose : la prendre dans ses bras et la serrer contre lui.

— Je t'ai amenée ici parce que je voulais te montrer que la spontanéité a du bon. Que la vie n'a pas à être planifiée à la minute près. Qu'on peut laisser de la place à l'inattendu.

— Je commence à penser que tu pourrais avoir raison.

— J'en suis heureux, dit-il en souriant. Maintenant, on va s'amuser un peu…

Quand il ôta son polo et le laissa tomber dans l'herbe, elle écarquilla les yeux.

— Je ne demande pas mieux, dit-elle en lançant des regards affolés alentour. Mais pas ici. Si quelqu'un nous voyait ?

Krystof éclata de rire et lui prit les mains, puis il l'attira vers lui et l'embrassa sur les lèvres.

— J'adore ta tournure d'esprit, mais tu n'as aucune inquiétude à te faire.

Elle plissa le front, l'air déçu.

— Tu ne m'as pas amenée ici pour me séduire ?

— Je n'ai pas dit cela. Mais tu vas devoir patienter un peu. Ce sera pour après.

Cette fois, elle devint écarlate.

Enchanté par sa réaction, il se débarrassa de ses chaussettes et de ses baskets et la regarda en inclinant la tête de côté.

— Tu ne trouves pas que tu es un peu trop habillée ?

Elle plissa les yeux.

— Tout ce qui t'intéresse, c'est de me voir dans mon nouveau bikini, hein ?

— Évidemment.

Après l'avoir gratifié d'un sourire follement sexy et coquin, Adara se pencha, sans détacher un instant le regard du sien, pour déposer précautionneusement l'orchidée à côté d'elle, puis, se redressant, elle sortit son T-shirt de son short et, lentement, le fit remonter sur son buste…

Le cœur lui martelant la poitrine, Krystof la regardait, fasciné. Il aurait dû faire quelque chose. Dire quelque chose. Mais il ne pouvait ni bouger ni parler.

Quand, après avoir laissé choir le T-shirt dans l'herbe, elle posa les doigts sur la ceinture du short, il pensa que son cœur allait cesser de battre, ou exploser. Elle défit le bouton. Il déglutit avec effort. Avec une lenteur presque insupportable, elle fit descendre la fermeture Éclair puis ondula des hanches pour faire glisser le short sur ses jambes, avant de le repousser du bout du pied. La bouche sèche, Krystof contempla le minuscule bikini jaune dévoilant les courbes affolantes.

— Tu aimes ? demanda-t-elle, la voix rauque et sensuelle.

Incapable de prononcer un mot, il hocha vigoureusement la tête.

Elle s'avança vers lui, se haussa sur la pointe des pieds et l'embrassa. Il répondit au baiser avec fièvre. Il ne se lasserait jamais de cette femme. Il aurait été incapable de dire de quoi il s'agissait, mais elle avait quelque chose qui lui était indispensable.

Quand il voulut l'enlacer, elle recula, un sourire malicieux aux lèvres.

— Tu as dit que ce serait pour après. Après quoi ?

— Parce que tu me prends au mot, maintenant ?

Les yeux bleus scintillèrent.

— Oui.

— OK, allons-y, dit-il en la prenant par la main.

Ils grimpèrent jusqu'à la plate-forme rocheuse, située à une hauteur raisonnable. Le bruit était assourdissant. L'eau tombait de chaque côté, frappait la roche en projetant des milliers de gouttelettes, avant de se déverser tout en bas dans le bassin.

— C'est fantastique ! cria Adara pour se faire entendre au-dessus du bruit de l'eau.

— Oui. Presque aussi fantastique que toi.

Quand elle le regarda comme s'il était l'homme le plus merveilleux de la terre, Krystof ne put plus résister. Il l'attira contre lui et l'embrassa avec passion.

Soudain, le temps s'arrêta. Son besoin vital de bouger, de ne jamais rester longtemps au même endroit, tout cela disparut. Il se força à écarter ses lèvres de celles d'Adara et redressa la tête. Parce que, s'ils prolongeaient ce baiser, il oublierait la raison pour laquelle il l'avait amenée ici.

Reprenant sa main dans la sienne, il avança vers le bord de la plate-forme rocheuse.

— Qu'est-ce que tu fais ? demanda Adara qui restait en arrière.

— Viens, n'aie pas peur.

— Tout au bord ? Pas question !

— Mais si, viens, je te tiens.

— Tu ne voudrais tout de même pas que je saute ?

— Pourquoi pas ? Ça risque d'être très amusant.

— Tu parles ! Tu ne sais même pas s'il y a suffisamment d'eau dans le bassin !

— J'ai posé la question à Titus. Il m'a dit qu'il n'y était

pas allé depuis quelque temps, mais qu'il venait souvent ici plonger avec sa famille. Tu n'as pas confiance en moi ?

— Si… Je… J'ai confiance en toi.

Elle baissa les yeux vers le bassin.

— Alors, vas-y. Oublie d'être raisonnable.

— Je l'ai fait. Je suis venu ici avec toi.

— Oui, c'est vrai, dit-il en lui caressant la paume du bout du pouce. Et maintenant, on va monter la barre d'un cran. Passer du spontané au téméraire.

Sur ces mots, il resserra les doigts autour des siens et continua d'avancer.

Après un moment d'hésitation, elle le suivit.

— Je n'arrive pas encore à croire que tu…

— Ce n'est pas très haut, l'interrompit-il pour la rassurer.

— Mais haut quand même.

Krystof se tourna vers elle.

— Tu sautes avec moi ?

— Je… Je ne sais pas.

Le cœur battant à tout rompre, Adara le regarda. Il voulait vraiment sauter…

Il lui serra de nouveau la main.

— Tu n'es pas obligée de le faire, si c'est trop pour toi.

— Je sais.

Il ne ferait jamais rien qui la mette en danger. Elle avait entièrement confiance en lui. Le seul but de Krystof était de la pousser à sortir de sa zone de confort. Mais en était-elle capable ?

— Tu peux le faire, Adara. Tu n'es pas toute seule. Je suis là, avec toi, dit-il de sa voix chaude et rassurante.

Elle baissa à nouveau les yeux vers le bassin puis regarda leurs deux mains jointes.

Ne renonce pas. Tu peux le faire.

— D'accord, dit-elle en soutenant le regard de Krystof.

Il sourit.

— Je compte jusqu'à trois.

Adara lui serra la main si fort qu'elle devait lui faire mal, mais il ne se plaignit pas.

— Un…

Son cœur lui martela les côtes.

— Deux…

Seigneur, le bassin paraissait si loin…

— Trois !

La pression de la main de Krystof la galvanisa. Adara sauta dans le vide et eut l'impression de flotter en apesanteur. L'instant d'après, elle tombait dans l'eau.

Elle avait perdu Krystof en route, constata-t-elle en s'enfonçant dans les profondeurs sombres. Jusqu'à ce que son corps cesse enfin de couler. Il fallait remonter, maintenant. Elle se mit à donner des coups de pied, en espérant qu'elle se dirigeait bien vers le haut. Paniquée, elle continua de remuer les jambes. Elle avait les poumons en feu.

Brusquement, elle refit surface et aspira l'air à pleins poumons. Jamais elle n'avait été aussi heureuse de respirer. Au même instant, elle but la tasse et toussa en recrachant l'eau avalée de travers.

— Ça va ? demanda la voix de Krystof derrière elle.

Adara se retourna dans l'eau. Il était là, à un mètre, et lui souriait.

— Pourquoi souris-tu ?

— Tu l'as fait. Tu as sauté dans le vide. Dans l'inconnu.

Oui. Elle avait affronté sa peur.

— Oui, dit-elle en souriant à son tour. Grâce à toi.

Nageant vers lui, elle lui referma les bras autour du cou. Krystof l'embrassa. Ils avaient la peau glacée à cause de la température de l'eau, mais peu importait, la simple proximité de Krystof la réchauffait.

Elle enroula ses jambes autour de la taille de son compagnon et, la serrant contre lui, ce dernier regagna le bord du bassin en nageant sur le dos. Il la lâcha pour se hisser sur le rocher en premier, puis se retourna vers elle pour l'aider à grimper à son tour.

Dès qu'elle se redressa devant lui, Krystof la souleva dans ses bras et reprit sa bouche avant de se diriger vers la clairière.

Doucement, il l'allongea sur la couverture tandis qu'Adara l'attirait contre elle.

C'était dans ces moments-là, qu'elle courait le plus grand risque de tous. Parce que, à chaque fois qu'ils faisaient l'amour, Krystof prenait un peu plus de place dans son cœur.

11.

Votre vie pouvait basculer en un clin d'œil.

Adara venait à nouveau d'en faire l'expérience.

Trois jours plus tôt, elle avait vécu des moments inoubliables. Après le saut dans le vide dont elle avait été si fière, Krystof et elle avaient partagé une étreinte fabuleuse. Ensuite ils avaient pique-niqué en bavardant tranquillement de choses et d'autres. Le soir, ils avaient dîné au lit. Puis ils avaient passé deux jours ensemble.

Et alors, elle avait commencé à rêver d'une vie différente. Elle était allée jusqu'à s'imaginer arrêtant de travailler au Ludus et faisant autre chose. Demi était tout à fait capable de prendre la relève. Le seul problème était qu'Adara aimait son travail.

Sa relation avec Krystof la poussait à remettre en question son mode de vie, ses choix. Aurait-elle dû explorer le monde avant d'accepter un poste à responsabilités au Ludus ? Aurait-elle dû se concentrer sur sa vie privée plutôt que sur sa carrière ? Si elle avait accordé plus d'importance à ses relations amoureuses, elle aurait peut-être déjà un enfant. Et alors, ce qui lui arrivait maintenant lui paraîtrait moins dramatique.

La secrétaire du gynécologue l'avait appelée le vendredi matin et lui avait dit qu'elle ne pouvait pas donner les résultats des examens par téléphone. Adara devait prendre rendez-vous avec le médecin. Et si elle était disponible, il y avait une possibilité en milieu d'après-midi.

Autrement dit, c'était urgent et le problème était sérieux.

Cela tombait vraiment mal. Atlas et Hermione venaient de rentrer, et le mariage ayant lieu le lendemain, il restait des détails de dernière minute à régler. D'un autre côté, Adara avait besoin de savoir ce qu'il se passait. Aussi s'était-elle échappée en douce.

À sa grande stupeur, elle avait appris que l'arrêt de ses règles était dû à une ménopause précoce. Comment était-ce possible ? Elle n'avait que trente-deux ans. Aucune femme de sa connaissance n'avait été ménopausée aussi tôt.

Lorsque le médecin lui avait dit que parfois, cela arrivait à plusieurs femmes d'une même famille, elle avait pensé à sa mère. Adara avait été fille unique. Quand, enfant, elle demandait à sa mère de lui donner un petit frère ou une petite sœur, sa mère répondait que, hélas, c'était impossible.

Avait-elle eu le même problème ?

En tout cas, Adara pouvait renoncer à ses projets d'avenir. Pas de petite famille heureuse pour elle. Elle ne porterait jamais un enfant dans son ventre. Elle ne tiendrait jamais son bébé dans ses bras. Mais elle refusait de laisser couler les larmes qui lui picotaient les paupières. Ce serait pour plus tard. Dans l'immédiat, elle n'avait pas le temps de faire le deuil du futur dont elle avait rêvé.

Là, maintenant, ils venaient de terminer le fastueux dîner de répétition servi sur la terrasse de l'appartement d'Atlas et Hermione. Les six convives avaient été unanimes : tous les plats étaient exquis. En vérité, Adara n'avait pas mangé grand-chose et le peu qu'elle avait ingurgité avait eu un goût de carton, mais elle faisait confiance au jugement de ses amis et au talent du chef.

Alors que Krystof, Atlas et Istvan étaient rentrés chercher à boire pour tout le monde, Hermione, Indigo et elle restèrent sur la terrasse à bavarder tranquillement.

— Comment va le père d'Atlas ? demanda Adara à Hermione.

— Il a été transféré dans un établissement spécialisé en rééducation cardiovasculaire. J'espérais qu'il pourrait venir au mariage, mais tout le monde s'est accordé pour dire que ce serait trop éprouvant pour lui.

— Je suis désolée qu'il ne puisse pas venir, dit Indigo. Mais nous prendrons des tas de photos et vous les lui enverrez.

— Merci. Ça lui fera plaisir, je pense. Il a beaucoup changé depuis la dernière fois qu'Atlas l'avait vu. Il ne boit plus depuis trois ans, maintenant. Il a demandé pardon à Atlas. Et je crois qu'il était sincère.

— Et Atlas ? Il le vit comment ? demanda Adara.

— Il reste méfiant. Et je peux le comprendre, après ce qu'il a vécu. Mais je crois que quelque chose a commencé à s'ébaucher entre eux. Je ne sais pas encore quelle forme cela prendra. Rien n'est acquis, la relation se précisera au fur et à mesure.

Hermione regarda Adara en haussant les sourcils.

— Et toi ? Tu en es où, avec Krystof ? Vous avez passé beaucoup de temps ensemble, à ce qu'il paraît.

Adara hésita. Elle n'était pas prête à analyser sa relation complexe avec Krystof. La veille, elle aurait dit qu'ils apprenaient à prendre des risques, chacun à leur façon, et qu'ils étaient peut-être en train de construire une relation plus durable. Mais maintenant, après son entretien avec le gynécologue, elle ne savait plus trop quoi penser et avait du mal à se projeter dans le futur.

— Jeudi, ils sont allés voir les chutes d'eau, dit alors Indigo. Ils ont sauté de la plate-forme rocheuse, tous les deux.

— Quoi ? s'exclama Hermione en ouvrant de grands yeux. Tu as sauté ?

— Oui, j'ai sauté, répondit Adara avec un haussement d'épaules.

Son amie sourit et la dévisagea un instant en silence.

— Krystof a de l'influence sur toi, j'ai l'impression. Si je ne fais pas gaffe, il va t'embarquer et t'emmener loin de moi.

— Non, je ne crois pas. Qu'est-ce que je ferais ? Je ne peux pas le suivre à travers le monde et le regarder jouer aux cartes.

— Je suis sûre que tu trouverais quelque chose de beaucoup plus agréable à faire avec lui ! s'exclama Indigo en riant.

Adara rougit, tandis qu'Hermione laissait échapper un petit gloussement.

— On s'amuse bien, ici ! fit Atlas en réapparaissant et en tendant une boisson à Hermione.

— On bavarde, c'est tout, dit Hermione d'un ton détaché.

Krystof arriva à son tour et posa la main sur l'épaule nue d'Adara. Elle aurait aimé appuyer la tête contre son bras, mais se l'interdit. Ce qu'elle avait appris ce matin même l'amenait à voir les choses différemment, notamment sa relation avec lui.

De sa main libre, il lui tendit un verre d'eau avec des glaçons. Ils avaient bu du champagne, mais avec modération. Ils se réservaient pour le mariage.

— Tu veux que j'aille te chercher autre chose ? demanda Krystof en s'accroupissant à côté d'elle.

— Non, merci.

Jamais encore il n'avait été aussi gentil, aussi attentionné. Il changeait à vue d'œil. Adara ne savait qu'en penser, mais il avançait. Vers où ? Difficile à dire. Surtout maintenant.

Le lendemain matin, elle se leva à l'aube, tout excitée et… soulagée.

Le grand jour était enfin arrivé et elle avait réussi – ou plus exactement ils avaient réussi – à surmonter tous les obstacles qui s'étaient présentés durant ces quelques jours.

À l'instant où, douchée et habillée, Adara se penchait pour prendre son smartphone resté à côté du lit, le petit *ding* habituel l'avertit qu'elle venait de recevoir un SMS.

Le traiteur lui annonçait la livraison du gâteau ! D'aussi bonne heure ?

Elle répondit qu'elle arrivait dans une minute, puis se remonta les cheveux sur le dessus de la tête à la va-vite et les maintint par une grande pince. Elle se préparerait pour le mariage plus tard. Dans l'immédiat, elle devait s'assurer que le gâteau soit mis au frais le plus rapidement possible.

Vêtue d'une robe d'été à fleurs et chaussée de sandales, elle se précipita dans le couloir.

Quelques instants plus tard, elle ouvrit la porte réservée au personnel et aux livraisons et trouva deux livreurs qui attendaient, à côté de la camionnette du traiteur.

— Merci d'être venus d'aussi bonne heure, dit-elle en souriant.

— Où voulez-vous qu'on les dépose ? demanda le plus petit des deux hommes en plaçant les cartons blancs sur un chariot.

Après lui avoir indiqué le chemin de la cuisine donnant accès à la chambre froide, elle ajouta :

— Vous pouvez les poser sur la grande table, à gauche de la porte. Je les mettrai moi-même au frais.

Le livreur s'avançant dans le couloir, elle s'apprêta à le suivre mais son collègue l'arrêta d'un geste.

— Il faut signer le bon de livraison.

— Mais, oui, bien sûr, dit Adara en tendant la main pour prendre le bordereau.

Elle jeta un coup d'œil au nom. « Nikolau ».

Oh non ! Pitié ! Pas de nouveau micmac !

— Ce n'est pas le bon bordereau, il devrait être au nom de Kappas, ou Othonos.

L'homme fronça ses sourcils broussailleux.

— Je ne comprends pas. Attendez, je vais vérifier.

Il s'avança vers l'avant de la camionnette et ouvrit la portière puis revint avec une petite liasse de bordereaux.

— Quel nom avez-vous dit ?

Après qu'Adara lui eut répété les deux noms, il lui fallut un moment pour examiner tous les bordereaux.

— Ah, c'est ça !

Il lui tendit un bordereau.

— Vous n'avez plus qu'à signer.

Pas si vite. Après ce qui s'était passé avec les robes, elle se méfiait, maintenant.

— Et les gâteaux ? Ce sont les bons ?

Le livreur fronça de nouveau les sourcils.

— Bien sûr que ce sont les bons !

— Je préfère aller vérifier, déclara fermement Adara.

— Hé, je n'ai pas que ça à faire, ma petite dame. Ce sont les bons. Alors, vous signez, OK ?

Elle croisa résolument les bras.

— Comment pouvez-vous en être sûr ? Vous aviez mélangé les bordereaux.

Le grand costaud leva les yeux au ciel en soupirant.

— Tout a été vérifié et revérifié à la pâtisserie, et les cartons sont numérotés de un à cinq. C'est le seul gâteau en cinq lots qu'on a à livrer aujourd'hui. Alors ce sont forcément les bons.

Ses explications semblaient raisonnables. Mais il eut beau grommeler qu'il allait être en retard à cause d'elle, Adara vérifia que tout était en règle, ligne par ligne, avant de signer.

Lorsque le livreur détacha le double et le lui tendit avec un nouveau soupir, elle lui souhaita une bonne journée puis partit rapidement en direction de la cuisine et croisa l'autre livreur avec son chariot vide. À présent, elle n'avait plus qu'à aller déposer les cinq gâteaux au frais, et le cuisinier et ses aides les assembleraient plus tard, afin de reconstituer le gâteau de mariage choisi par Hermione.

Juste avant d'arriver à la cuisine, elle rencontra Irene, l'une des plus anciennes employées du Ludus.

— Bonjour, Irene.

— Bonjour, Adara, répliqua la femme de ménage avec

un grand sourire amical. Vous avez vu ? Le beau temps est au rendez-vous !

— Oui, nous avons de la chance. J'espère que vous êtes prête à danser toute la nuit ?

— Ah, si seulement… fit Irene en soupirant. Je n'arrive pas encore à croire qu'ils nous aient presque tous invités.

— Hermione nous considère comme sa famille, vous le savez. Et Atlas a enfin trouvé la famille qu'il n'a pas eue autrefois.

Irene se posa la main sur le cœur.

— Je suis tellement heureuse qu'ils se soient rencontrés.

— Moi aussi. Mais il faut que je vous laisse pour aller m'occuper du gâteau.

— Il va être magnifique, j'en suis sûre !

— Je l'espère. À tout à l'heure, Irene, et bonne journée !

— Merci, Adara. Vous aussi. Et, oui, à tout à l'heure…

En fait, il y avait eu un tirage au sort pour décider qui, des membres du personnel, serait invité au mariage. Parce qu'il fallait bien qu'une partie des employés s'occupent du service, et que d'autres assurent le bon fonctionnement de l'hôtel. Ceux qui n'avaient pas eu la chance d'être invités toucheraient une prime à la fin du mois. Ce n'était pas parfait, comme système, mais Hermione et Atlas avaient fait de leur mieux pour que personne ne soit lésé.

12.

Le quatuor entonna une mélodie romantique et allègre à la fois. Adara se tourna vers son amie.

— Prête ?

Un sourire lumineux éclaira le beau visage d'Hermione.

— Plus que prête !

— Tu es superbe.

— Toi aussi, Adara. Et merci encore pour tout ce que tu as fait.

— Je l'ai fait avec plaisir, répliqua Adara en prenant précautionneusement son amie dans ses bras.

Il ne fallait pas abîmer la robe de la mariée, ni déranger sa coiffure.

Hermione la repoussa doucement.

— Mais dis-moi, je ne suis pas la seule à être attendue par un homme somptueux…

Elle s'interrompit un instant et regarda Adara dans les yeux.

— Je vous ai vus ensemble. Ce n'est plus la liaison décontractée d'avant. Tu comptes beaucoup pour Krystof, c'est évident.

Une chaleur incontrôlable monta aux joues d'Adara.

— Il ne s'agit pas de Krystof et moi, aujourd'hui. C'est votre grand jour, à toi et Atlas.

Tout à coup, la musique changea, prenant une tonalité plus solennelle.

— Je crois que c'est le moment d'y aller, enchaîna-t-elle.

— Que c'est excitant ! s'exclama Indigo. Viens, Adara, allons marier ces deux-là !

Indigo fut la première à arriver aux bas des marches conduisant à la plage, dans sa robe bleu arctique mettant en valeur ses épaules bronzées et laissant entrevoir le bas de ses jambes, ainsi que les sandales à hauts talons choisies ensemble. Adara attendit un peu puis descendit à son tour et contempla bientôt les rangs de chaises blanches installées sur la plage, les invités vêtus de tenues élégantes ou fantaisie. Son regard remonta l'allée centrale conduisant à l'arche de fleurs, devant lequel se tenait, du côté droit, le marié. Les yeux d'Adara se posèrent d'eux-mêmes sur le témoin d'Atlas. Il la regardait. Son cœur arrêta de battre.

L'espace d'un instant, elle se demanda ce qu'elle ressentirait s'il s'agissait de leur mariage. Krystof la regarderait-il comme il le faisait maintenant ? Ou l'amour éclairerait-il ses yeux sombres ?

Peu importait. La chaleur émanant de son regard lui donnait l'impression d'être la plus belle femme du monde. Mais s'il savait qu'elle était abîmée à l'intérieur, la regarderait-il ainsi ? Adara repoussa cette pensée. Aujourd'hui, ils célébraient l'amour de leurs amis. Elle se concentrerait sur ses propres problèmes demain.

Une fois arrivée à l'extrémité de l'allée, elle se sentit attirée malgré elle vers Krystof mais résista au désir de le rejoindre et prit place à gauche comme prévu. Puis elle se retourna et vit Hermione s'avancer à son tour. Son amie rayonnait littéralement d'amour et de joie.

La mariée s'arrêta à sa hauteur et lui tendit son bouquet pour pouvoir prendre les deux mains d'Atlas. Lorsque Adara se tourna pour prendre les fleurs, son regard croisa celui de Krystof qui la regardait toujours.

Ensuite, elle entendit à peine les vœux échangés par les deux mariés, tant la proximité de Krystof la troublait. Chaque fois qu'elle tournait les yeux vers lui, elle trouvait son regard dardé sur elle. Il ne la surveillait pas, non. Il paraissait… subjugué par elle.

Il aurait dû se concentrer sur les mariés, mais il ne pouvait détacher son regard d'Adara. Et lorsqu'elle tourna soudain les yeux vers lui, son cœur se mit à tambouriner dans sa cage thoracique.

Quand elle s'était avancée dans l'allée centrale, un sourire resplendissant aux lèves, Krystof n'avait pu s'empêcher d'imaginer qu'elle venait vers lui. Qu'elle se trouvait là à cause de lui. Avant de se traiter d'imbécile et de se ressaisir aussitôt.

Ils passaient des moments délicieux ensemble, certes, ils s'entendaient à merveille. Mais si leur relation était aussi harmonieuse, cela venait justement de son caractère libre et décontracté. Alors, pourquoi tout gâcher avec des promesses qui seraient forcément rompues un jour ?

Après le mariage d'Atlas et Hermione, il s'envolerait vers une nouvelle aventure. Et, cette fois, il ne s'agirait pas de jouer aux cartes. Il se rendrait à Paris. Sa décision était prise. Ses récents entretiens avec divers consultants avaient confirmé que cette entreprise de haute technologie correspondait exactement à ce qu'il recherchait, et qu'elle représentait en outre un excellent investissement.

Il reviendrait régulièrement au Ludus pour voir Adara. Et il espérait bien la convaincre de repartir avec lui de temps en temps. Ils formaient un duo parfait. Pour l'instant, du moins. Alors, autant en profiter avant qu'ils ne se lassent l'un de l'autre.

Un jour, Adara se tiendrait là, sur la plage, en robe blanche, avec des fleurs dans les cheveux et des étoiles dans les yeux. Elle regarderait amoureusement l'homme qu'elle aimait et qui l'aimait. Elle le regarderait, lui, Krystof.

Mais qu'est-ce qu'il avait bon sang ! Il perdait la tête, ou quoi ?

C'était ce mariage. Tout ce tralala lui montait au cerveau. Dès que les festivités seraient terminées, il retournerait à sa vie et à ses projets.

Le célébrant acheva son petit laïus. M. et Mme Othonos se retournèrent et avancèrent dans l'allée. À lui de les suivre avec Adara à son côté. Il se rapprocha d'elle et lui offrit son bras. Quand elle lui sourit, la sensation étrange frémit de nouveau dans sa poitrine. Ce n'était rien, se convainquit Krystof. Ça passerait.

La main fine glissée au creux de son bras, il se dirigea vers le patio où allait se tenir la réception.

Adara laissa échapper un soupir rêveur.

— N'était-ce pas le plus beau des mariages ?

— S'il est aussi réussi, c'est grâce à toi, dit-il, sincère.

— Merci. Mais ce mariage est le fruit d'un travail d'équipe. Beaucoup de gens ont contribué à sa réussite. Toi, en particulier.

— Je n'ai vraiment pas fait grand-chose, protesta Krystof.

— Tu as fait plus que tu ne le crois. Tu m'as aidée à retrouver les robes et à choisir cet excellent quatuor.

— J'ai bien travaillé, c'est vrai. Et toi, qu'est-ce que tu as fait, au fond ? lança-t-il pour la taquiner.

Adara roula des yeux.

— Et voilà, on fait un compliment à un homme, et ça lui monte directement au cerveau !

Il adorait son humour, son sens de la repartie. L'excursion aux chutes d'eau leur avait fait beaucoup de bien à tous les deux. Ils avaient passé un après-midi délicieux…

— Pourquoi souris-tu ? lui demanda-t-elle en lui donnant un petit coup de coude.

— Je pensais à notre petite expédition de l'autre jour…

— Ah oui, le jour où j'ai abandonné mon poste à cause de toi ?

— Comme si tu n'avais pas apprécié ! Personnellement, je suis prêt à recommencer. Pas toi ?

Au lieu d'acquiescer comme il l'espérait, elle lui prit la main et s'avança dans le patio.

— Viens. Allons féliciter les mariés !

Au moment où les doigts d'Adara avaient enlacé les siens, une décharge électrique avait fusé dans tout son bras. Son cœur s'emballa. Peu importait qu'ils passent quelques heures ensemble ou quelques jours. Elle seule lui faisait cet effet. Il était tellement soulagé qu'ils aient retrouvé leur belle entente. Et, dès qu'ils seraient enfin seuls, Krystof comptait bien montrer à Adara combien il était heureux de l'avoir dans sa vie.

Encore un peu. Elle attendrait encore un peu avant d'en parler…

Adara était sincèrement heureuse pour ses amis, mais les paroles du gynécologue étaient là, dans son esprit, et elle avait encore du mal à accepter l'irrévocabilité du diagnostic appris ce matin-là.

Regardant alentour, elle aperçut Krystof qui bavardait avec un hôte du Ludus. Et lorsque, au même instant, il tourna les yeux vers elle et lui sourit, ce sourire lui mit un peu de baume au cœur.

Quand il la regardait comme maintenant, elle se sentait entière. Comblée. Elle avait l'impression que tout était possible entre eux, ouvert, alors qu'elle savait très bien que ce n'était pas vrai.

Krystof dit quelque chose à l'homme avec qui il bavardait et avança vers elle.

— M'accorderez-vous cette danse ? demanda-t-il en s'inclinant devant elle.

— Je ne… Non.

Elle devait commencer à mettre de la distance entre eux.

— S'il le plaît. Je vais avoir l'air complètement idiot si je danse tout seul.

— Tu ne le ferais pas.

Il sourit, de ce sourire qui la faisait frémir au plus profond de son être.

— Tu me connais mal. Je ferais n'importe quoi pour te faire sourire.

Joignant le geste à la parole, il posa une main sur son torse et l'autre sur son flanc, comme s'il dansait avec une cavalière invisible. Médusée, Adara le vit onduler au rythme de la musique…

Des gens s'arrêtaient pour les regarder. Si elle ne dansait pas avec lui, ils attireraient encore plus l'attention. Et puis, elle s'était promis de passer une bonne soirée et de s'amuser. Alors…

Adara fit un pas vers lui. Il lui tendit les bras, et elle se pressa contre son corps ferme et chaud. C'était si naturel d'être avec Krystof. Elle avait l'impression d'être à sa place, de lui appartenir.

Non, elle n'était pas à lui. Pas plus que Krystof n'était à elle. Tout ce qu'ils pouvaient partager, c'étaient de bons moments. Rien de plus. Demain matin, il partirait pour de nouvelles aventures. Et sa vie à elle reprendrait son cours normal. Ou presque.

13.

Les mariés étaient partis. Les invités s'en allaient les uns après les autres.

Krystof dit au revoir au prince Istvan et aperçut Adara près du buffet, en train de parler à une employée qui rassemblait les verres et les déposait sur un grand plateau. Elle sourit à la jeune femme puis se dirigea vers la cuisine.

Il la suivit mais quand il entra dans la cuisine, il n'y trouva que le personnel en train de ranger et de nettoyer. Aucune trace d'Adara. S'était-elle esquivée en douce ? Cherchait-elle à l'éviter ?

Durant toute la soirée, elle avait été plus calme et réservée que d'habitude, mais il avait attribué cela à la fatigue.

Faisant demi-tour, Krystof sortit de la cuisine et décida d'aller voir si elle était dans sa suite. Juste pour s'assurer qu'elle allait bien. Ensuite, il la laisserait se reposer. Sauf si elle lui demandait de rester avec elle, naturellement.

Arrivé devant sa porte, il toqua doucement. Pas de réponse. Il toqua de nouveau, un peu plus fort.

— C'est moi, Adara. Je viens voir si tu vas bien.

Il toqua encore une fois.

— Adara. Ouvre la porte, s'il te plaît.

La porte s'ouvrit toute grande, et Adara apparut devant lui, les cheveux défaits, des traces noires sous les yeux. Avait-elle pleuré ? se demanda-t-il, stupéfait.

— Que veux-tu ?

Krystof passa devant elle sans lui en demander la permission et s'avança dans la pièce plongée dans la semi-pénombre, la seule lumière provenant du grand écran plat.

— Quelque chose ne va pas ? répliqua-t-il en se retournant vers elle.

— Non. Tout va bien. Le mariage a été une vraie réussite. Hermione et Atlas sont heureux.

En effet. Alors pourquoi cette tristesse dans ses beaux yeux bleus ?

— Adara, dis-moi ce qu'il y a.

— Rien. Je te l'ai dit.

Il fouilla son regard.

— Ah, tu vas bien. C'est bizarre, parce que moi, j'ai eu l'impression que quelque chose te tracassait durant toute la soirée. Déjà hier soir, au cours du dîner, tu as fait de ton mieux pour ne rien montrer, mais tu as des soucis. Si c'est parce que je pars demain, je… J'y ai réfléchi.

— Qu'est-ce que tu racontes ? fit-elle en haussant les sourcils.

— Je dois me rendre à Paris pour affaires, mais je reviendrai aussitôt après. Je pourrais rester ici un moment et travailler au développement de MyPost. Le réseau s'est avéré tellement utile dans cette histoire de mélanges de robes, que je pense qu'avec une bonne gestion MyPost pourrait rendre service à beaucoup plus de gens.

— Et tu comptes… t'installer ici, au Ludus ?

Krystof hocha la tête en souriant.

— Dans un premier temps. Et durant mon séjour, j'espère que nous pourrons passer plus de temps ensemble. Et voir où nous allons.

— Non.

Le petit mot résonna désagréablement à son oreille.

— Ce n'est pas ce que tu désirais ? demanda-t-il, interdit. Je croyais que tu désirais que notre liaison prenne un tour plus… engagé. Que tu voulais que je reste quelque part plus longtemps qu'une semaine.

— Non, répliqua-t-elle à nouveau avec un geste agacé de la main. Enfin, oui, c'est ce que je désirais. Mais plus maintenant.

Il ne s'était pas trompé. Elle avait des ennuis.

— Parle-moi, Adara. Que se passe-t-il ?

Les lèvres pincées, elle le foudroya du regard.

— Pourquoi insistes-tu ?

— Parce que je suis inquiet pour toi.

— Ah oui ? fit-elle en haussant les sourcils.

— Oui. Tu peux me parler… Tu le sais, n'est-ce pas ?

Elle soupira, l'air accablé.

— Viens, allons sur le balcon, dit Krystof en l'invitant à passer devant lui.

Pour une fois, elle ne protesta pas et sortit sur le balcon donnant sur la piscine à présent déserte. Il prit une bouteille d'eau et deux verres au passage et la rejoignit, puis il attendit qu'elle soit assise dans l'un des deux fauteuils pour s'asseoir dans l'autre et lui tendre un verre d'eau.

— Merci.

Elle but une gorgée avant de poser le verre sur la table.

— Je ne comprends pas ce que tu veux. Ni de quoi tu voudrais que je te parle.

— Tu espères vraiment que je vais te croire ?

Inutile de la brusquer, elle ne ferait que se fermer davantage. Aussi Krystof tourna-t-il les yeux vers la piscine plongée dans la pénombre.

Au bout de quelques minutes, Adara soupira.

— Tu ne céderas pas, hein ? Tu ne partiras pas tant que je…

— Je ne partirai pas avant d'être certain que tu vas bien, l'interrompit-il doucement. Et si cela implique de bavarder un peu, je suis prêt à t'écouter. Mais si tu préfères rester ici au calme à boire de l'eau, ça me va aussi.

Elle le regarda en étrécissant les yeux.

— Depuis quand es-tu devenu aussi zen ?

— Zen… ? fit Krystof avec un petit sourire en coin.
— Ne te prends pas pour un surhomme, dit-elle avant de reprendre son verre et d'en boire une nouvelle gorgée.
— Adara, je ne veux pas te forcer à quoi que ce soit, ce n'est vraiment pas mon but. Mais tu ne crois pas qu'après tout ce que nous avons partagé tu peux avoir confiance en moi ?
Silence. Elle hésitait, comme si elle devait réfléchir à sa question avant d'y répondre. Il n'était pas parfait, mais il ne l'avait jamais trahie, bon sang !
— Adara ?
— Bon, d'accord. J'ai confiance en toi.
— Alors parle-moi. Et si je peux t'aider, tu sais que je ferai ce que tu voudras.
— C'est ça, le problème. Personne ne peut m'aider.
Seigneur, pourquoi cette amertume et cette tristesse dans sa voix ? Pourquoi cet air désolé ?
— Tu comptes énormément pour moi, Adara. Et tu peux compter sur moi, sur mon soutien inconditionnel, quelle que soit la gravité de ce qui t'arrive.
Elle se leva et s'approcha de la balustrade.
— Je ne peux pas avoir d'enfants.
Avait-il bien entendu ? Elle avait peut-être dit qu'elle voulait avoir des enfants… Krystof la regarda en retenant son souffle. Personnellement, il n'avait jamais envisagé d'en avoir. Cependant il ne s'agissait pas de lui, mais d'Adara, de ses désirs à elle. Et il tiendrait sa promesse d'être là pour elle, envers et contre tout.
Il se leva et s'arrêta à côté d'elle.
— Qu'est-ce qu'il s'est passé pour que tu dises cela ? demanda-t-il d'une voix douce.
— C'est important ? répliqua-t-elle, le visage blême.
— Oui. C'est important pour toi, alors ça l'est pour moi aussi.
— Arrête, s'il te plaît. Cesse d'être aussi compréhensif. Aussi gentil.

— La vie n'est pas un long fleuve tranquille, dit-il en posant la main sur la sienne, posée sur la balustrade. Et nous devons nous débrouiller avec ce qu'elle nous donne, ou nous reprend.

Adara avait beaucoup de mal à garder sa contenance. Il était si patient, si gentil. Elle n'osait pas tourner la tête vers lui parce que si elle le regardait dans les yeux, elle perdrait le peu de contrôle qu'il lui restait.

— Je ne sais même pas par où commencer.

— Par le début. En général, ça aide.

Sans doute. Mais c'était si étrange de parler d'un sujet aussi féminin avec un homme.

— Tout a commencé quand j'ai constaté que je n'avais pas eu mes règles depuis longtemps.

Krystof demeura silencieux, mais il garda la main posée sur la sienne.

— Je savais que je n'étais pas enceinte, parce que je les avais eues depuis notre dernière rencontre et que je n'avais pas connu d'autre homme après toi. Mais quand j'ai vu passer un mois, puis deux, sans qu'elles reviennent, j'ai compris que quelque chose n'allait pas.

— J'aurais dû m'en douter. Je suis désolé.

— Non, tu n'y es pour rien. Tu ne pouvais pas deviner que j'avais un problème d'ordre médical.

— Non, mais j'aurais pu me rendre compte plus tôt que tu étais confrontée à un problème, quel qu'il soit.

— Ne t'en veux pas. Même si tu t'en étais aperçu, je ne t'en aurais pas parlé. J'étais encore dans le déni, à ce moment-là.

— Le déni de quoi ?

— Au départ, le gynécologue m'a expliqué que l'absence de règles pouvait avoir différentes causes et il m'a fait faire divers examens et analyses. Il a fallu un certain temps pour en connaître les résultats. Je l'ai revu hier.

— Ah, c'est là que tu es allée ?

— Oui. Je voulais savoir. Je ne pouvais pas attendre un jour de plus.

— Je comprends. Tu as bien fait d'y aller. Je regrette seulement que tu ne m'en aies pas parlé, je t'aurais accompagnée.

— Non, dit-elle en secouant la tête. Je devais y aller seule.

Adara s'interrompit et inspira profondément.

— Le problème est dû à une ménopause précoce.

Krystof garda le silence pendant un moment, comme s'il avait besoin de temps pour digérer l'information.

— Et c'est pour cela que tu ne peux pas avoir d'enfants ?

— Oui. Je pense que ma mère a eu le même problème. Je ne sais pas si j'aurais eu des enfants, mais maintenant il n'en est plus question.

— C'est irréversible, comme phénomène ?

Lorsque, pour toute réponse, elle fondit en larmes, il la prit dans ses bras et l'attira contre lui. Adara aurait voulu le repousser, mais elle avait trop besoin de réconfort. De s'entendre dire que tout irait bien.

Elle referma les bras autour de sa taille et appuya la joue contre son épaule, savourant son odeur familière et les effluves épicés de son eau de toilette.

Durant ces quelques instants, elle oublia sa tristesse. Seul le présent importait. Puis, soudain, elle se rappela qu'elle ne pourrait plus jamais combler tous les désirs d'un homme.

— Excuse-moi, murmura-t-elle en s'écartant de Krystof. Je n'aurais pas dû me laisser aller ainsi.

— Mon épaule est à ta disposition chaque fois que tu en auras besoin.

Adara fit un effort surhumain pour dominer ses émotions. Elle ne pouvait se permettre de s'effondrer devant Krystof et lui demander de recoller les morceaux. Maintenant qu'il se décidait enfin à planter ses racines quelque part, il n'allait pas tarder à voir s'ouvrir un champ de possibilités encore jamais envisagées. Il pourrait fonder une famille, par exemple. Mais pas avec elle.

— Je comprends tout, à présent, dit-il après l'avoir observée quelques instants en silence.

— Tout ?

— Oui, je comprends pourquoi tu as consacré toute ton énergie aux préparatifs du mariage. Pourquoi tu voulais que tout soit parfait.

— Ah ? Et pourquoi, alors ?

Avec une délicatesse infinie, il lui repoussa une mèche de cheveux derrière l'oreille.

— Tu as l'impression de ne plus être maîtresse de ton corps, alors tu as éprouvé le besoin de contrôler le mariage dans ses moindres détails.

Il lui caressa la joue du bout des doigts.

— Mais maintenant tu peux te détendre. Tu as atteint ton but, Adara. Ce mariage était parfait.

Son cœur se serra douloureusement. Krystof lisait si bien en elle. Mais elle ne pourrait plus être la femme dont il avait besoin. S'ils restaient ensemble et qu'il désirait un jour fonder une famille, elle serait incapable de lui donner des enfants. Et alors il se sentirait obligé de lui dire que cela n'avait pas d'importance. Mais ce serait un mensonge.

— Il faut que tu t'en ailles, Krystof.

— Je n'irai nulle part. Je suis là pour toi.

Seigneur, il y avait une telle douceur dans sa voix, une telle tendresse.

— Je n'ai pas besoin de toi, dit Adara en reculant d'un pas. Nous ne sommes pas en couple. Nous ne l'avons jamais été. C'est à moi seule de gérer ce qui m'arrive.

— Pourquoi fais-tu cela, Adara ?

Elle le faisait pour eux deux.

— Tu veux bien t'en aller, s'il te plaît ?

— Non. Je ne m'en irai pas.

Pourquoi insistait-il autant ? Il était désolé pour elle, voilà tout. Il ne l'aimait pas et ne l'avait jamais aimée. Et il ne l'aimerait jamais. Surtout maintenant.

— Très bien. Si tu ne t'en vas pas, c'est moi qui partirai.

Sur ces paroles, elle se détourna et regagna le salon.

— Adara, où vas-tu ?

— Peu importe.

Elle empoigna ses clés et son sac à main.

— Attends ! Ne t'en va pas.

Adara continua d'avancer vers la porte. Et cette fois, Krystof ne tenta pas de l'arrêter. Sans doute avait-il compris que ni lui ni personne ne pouvait rien pour elle.

14.

Elle n'avait quasiment pas fermé l'œil de la nuit.

Son appartement ne lui paraissait plus aussi cosy qu'avant. Elle le trouvait froid et vide.

Krystof lui manquait déjà, alors qu'il n'avait même pas encore quitté l'île. Mais il s'envolerait bientôt pour Paris. Et ensuite…

Des coups discrets frappés à la porte la firent sursauter. Qui cela pouvait-il être ? Personne ne savait qu'elle était rentrée chez elle.

Adara repoussa la couette légère et se leva. *Mon Dieu, quelle tête…* , constata-t-elle en se regardant dans le miroir. Dans le genre raton laveur, c'était assez réussi… Elle se frotta les yeux, ce qui, hélas, ne fit qu'empirer la situation.

On frappa de nouveau. *Zut.* Elle ne voulait voir personne.

— J'arrive !

En short et T-shirt, elle traversa le petit salon et alla ouvrir la porte.

— Hermione ! Qu'est-ce que tu fais ici ?

— Bonjour, Adara.

— Excuse-moi. Bonjour, Hermione. Entre, je t'en prie. Mais, tu ne devrais pas être en voyage de noces ?

Son amie avança dans le salon et s'assit sur le canapé.

— Nous partons tout à l'heure pour aller voir le père d'Atlas et, s'il va bien, nous entamerons ensuite notre voyage de noces. Mais, d'abord, je voulais savoir comment tu allais.

— Pourquoi ? demanda Adara en s'asseyant à son tour. Que t'a dit Krystof ?

Hermione la regarda en plissant le front, l'air inquiet.

— Rien. Il n'est pas encore parti mais je ne l'ai pas vu ce matin. Maintenant je voudrais vraiment savoir ce qui se passe entre vous deux.

Impossible de lui cacher la vérité. Adara avait besoin de sa meilleure amie. Les paroles jaillirent d'elles-mêmes. Elle lui raconta tout, le diagnostic, la décision de Krystof de revenir s'installer au Ludus pour une durée indéterminée…

— Et que lui as-tu dit ?

— Que nous ne sommes pas en couple. Que… nous ne l'avons jamais vraiment été.

Sa voix se brisa.

— Je lui ai dit…, reprit-elle avec effort. Je lui ai dit que je n'avais pas besoin de lui.

Hermione se pencha en avant et prit doucement sa main dans la sienne.

— Mais ce n'est pas vrai. Tu as besoin de lui, n'est-ce pas ?

— Oui, je le reconnais. Mais maintenant qu'il a enfin compris qu'il pouvait renoncer à sa vie nomade, il va vouloir s'installer, peut-être même fonder une famille. Et moi je ne pourrai jamais lui donner d'enfant.

— Lui as-tu demandé ce qu'il veut ?

Adara secoua la tête.

— Si je lui posais la question, il dirait ce qu'il croit que j'ai envie d'entendre.

— Tu apprécierais qu'il prenne des décisions à ta place ?

— Non. Mais c'est différent.

— Ah bon ? fit Hermione en haussant les sourcils. Ne serait-ce pas plutôt que tu as peur d'admettre que tu l'aimes ?

— Pardon ? Bien sûr que non. Nous ne sommes pas en couple. Il n'y a jamais rien eu de sérieux, entre nous.

— Et pourtant, vous avez toujours réussi à vous voir régulièrement pendant plusieurs mois, même quand des milliers de kilomètres vous séparaient. J'ai vu la façon dont vous vous regardez. Si ce n'est pas de l'amour, je ne sais pas ce que c'est.

Hermione avait raison. Elle aimait Krystof. Impossible de continuer à le nier.

— Mais nous sommes tellement différents. J'ai besoin que ma vie soit planifiée, et lui, il ne sait même pas où il sera le lendemain.

— Tu n'as jamais envisagé de vivre autrement, de t'installer ailleurs, loin du Ludus ?

— Non.

— Tu devrais peut-être y réfléchir. Tu me manqueras, mais nous pourrons nous appeler en vidéo et nous rendre visite. Tu seras toujours chez toi sur l'île.

Pourrait-elle vraiment tout quitter ? Être heureuse ailleurs ?

Grâce à Krystof, elle avait découvert que prendre des risques avait du bon, et qu'elle était plus téméraire qu'elle ne le pensait. Elle avait même songé à créer sa propre agence événementielle. Le moment était-il venu de s'installer à son compte ? Était-elle prête à faire le grand saut, avec Krystof ?

Il aurait dû faire ses bagages. Se préparer à partir. Mais il n'avait pas envie de s'en aller

Après avoir envoyé un SMS à Atlas, Krystof prit l'ascenseur pour monter lui dire au revoir. Il ne savait pas quand il reverrait son ami. Beaucoup de temps s'écoulerait sans doute avant qu'il ne revienne au Ludus.

La porte de la cabine s'ouvrit, il sortit et vit Atlas qui l'attendait sur le seuil du salon.

— Entre. Hermione n'est pas là.

Krystof s'avança mais s'arrêta aussitôt franchi le seuil du salon.

— Je ne reste pas longtemps. Je voulais juste te souhaiter bonne chance. Et te dire que j'allais moi aussi partir.

— Merci pour tout, Krystof. Hermione et moi avons vraiment apprécié ce que vous avez fait pour nous, Adara et toi. Alors, tu pars pour où ? La Riviera ?

— Je ne sais pas.

— Comment ça, tu ne sais pas ? Tu ne prévois rien à l'avance, je sais, mais tu ne dois pas savoir où tu vas avant de monter à bord de ton jet ?

— Je dois passer à Paris mais, ensuite, je verrai. Je ne pense pas revenir ici avant un moment.

— Que s'est-il passé entre toi et Adara ? Je croyais que tout allait pour le mieux entre vous.

Krystof se passa la main dans les cheveux en soupirant.

— Je le croyais aussi. Mais quand je lui ai dit que j'envisageais de rester au Ludus pour que nous voyions où nous allions ensemble, elle m'a demandé de partir.

— Tu lui as dit comment ?

— Que je voulais rester ?

— Non. Comment lui as-tu dit que tu l'aimais ? Tu avais prévu les fleurs, le champagne ?

— Je… Non. Je n'ai rien fait du tout.

Atlas l'invita d'un geste à s'asseoir sur l'un des sofas, puis se dirigea vers le bar et leur servit deux whiskys.

— Tiens, dit-il en lui tendant un verre. Je crois que tu en as besoin.

Krystof prit le verre et en but une bonne rasade.

— Je ne sais pas quoi faire.

— Il faut que tu dises à Adara ce que tu ressens pour elle.

— Alors qu'elle a déclaré que c'était terminé entre nous ?

— Tu n'as rien à perdre. Je ne connais pas beaucoup de femmes qui seraient prêtes à supporter tes excentricités, mais Adara a tenu le coup jusqu'à il n'y a pas si longtemps sans que tu lui déclares tes sentiments. Alors, elle en aura eu assez d'attendre. Ou bien elle pense que tu ne l'aimes pas.

— Dans ce cas, elle se trompe.

L'aveu était sorti tout seul… Krystof en fut le premier surpris.

— OK. Dis-le-lui. Ne retiens rien. Et, dernière chose : quand tu lui diras, n'oublie pas les fleurs.

— Mais si rien ne marche ? Si elle ne change pas d'avis ?

Atlas le regarda droit dans les yeux.

— Tu l'aimes vraiment ? Tu es prêt à changer pour elle ?

Ces derniers temps, Krystof avait beaucoup réfléchi à tout cela. Il y avait même songé une bonne partie de la nuit passée.

— Oui. Oui, tout.

— Alors pourquoi restes-tu là à m'en parler ? Va le dire à Adara avant qu'il ne soit trop tard !

— J'y cours, déclara Krystof en posant son verre.

— À propos, elle est chez elle, sur le continent.

— Merci.

— Et n'oublie pas les fleurs !

— Tu peux compter sur moi !

En matière de romantisme, il n'était pas très doué. Mais les fleurs, ça irait. Et si cela pouvait convaincre Adara de lui accorder une seconde chance, il était prêt à dévaliser toutes les boutiques de fleurs de la planète.

Son cœur battait à tout rompre. Elle avait le ventre noué. Ses pensées partaient dans tous les sens

Adara continua néanmoins à se préparer pour sa rencontre avec Krystof et finit par choisir une robe légère à fines bretelles. Et s'il n'était plus là ? Hermione avait dit qu'il n'avait pas encore quitté l'île mais, entre-temps, il pouvait être parti…

Et si elle réussissait à le voir, l'écouterait-il ? Accepterait-il ses excuses ?

Une fois habillée, elle se maquilla légèrement tout en repensant à sa conversation avec Hermione. Le changement l'effrayait, mais elle pourrait très bien faire autre chose, son amie avait raison… À cet instant précis, Adara sut qu'elle allait quitter le Ludus et se lancer dans l'inconnu. Avec ou sans Krystof. Elle ignorait où elle allait, mais peu importait.

Elle s'en irait, même sans Krystof, elle préférerait cependant qu'il se joigne à elle. Pas parce qu'elle se sentait incapable de se lancer toute seule, mais parce qu'elle désirait partager ce projet avec lui. Avec l'homme qui était devenu son meilleur ami. L'être en qui elle avait entièrement confiance et qui l'avait aidée à se dépasser. Et surtout, parce qu'elle l'aimait.

Après avoir sorti ses sandales à hauts talons, Adara changea d'avis et enfila les ballerines plates en cuir fin qu'elle n'avait encore jamais portées. Elles étaient non seulement ultra-confortables, mais aussi très jolies.

Au moment où elle prenait ses clés de voiture et son sac à main, on frappa à la porte.

Hermione ? Avait-elle oublié quelque chose ? Elle balaya la pièce du regard mais ne vit rien qui appartienne à son amie.

Quand elle ouvrit la porte, elle se trouva face à une montagne de roses rouges. Jamais elle n'en avait vu autant. Il y avait forcément quelqu'un derrière, mais impossible de voir son visage. Était-ce Krystof ? Son cœur se mit à battre la chamade. Il ne lui avait encore jamais offert de fleurs.

Au même instant, la montagne de roses s'abaissa, et le visage de Krystof apparut.

— Elles sont pour toi.

Adara les lui aurait bien prises des mains, mais elle craignait de ne pas pouvoir tenir un bouquet aussi énorme. Krystof ne faisait pas dans la demi-mesure…

Mais quel message cherchait-il à faire passer, au juste ?

Elle recula et s'effaça pour lui céder le passage.

— Entre.

Une fois arrivé au milieu du salon, il se retourna vers elle.

— Il faut que nous parlions, Adara.

— J'étais sur le point de sortir. Je venais te voir.

— C'est vrai ? fit-il, l'air suffoqué.

— Oui. Je suis désolée pour hier soir. Je n'aurais pas dû te dire tout ce que je t'ai dit et m'en aller après.

Il voulut se rapprocher d'elle, mais les roses l'en empêchèrent.

— Tu pourrais peut-être les poser sur la table ? proposa Adara en désignant la table de la cuisine.

Une fois débarrassé des roses qui tenaient à peine sur la table, il revint vers elle.

— Moi aussi, je suis désolé. Je t'ai poussée à parler alors que j'aurais dû te laisser le faire à ton rythme. J'aurais dû te dire que je serais là pour toi, quel que soit le temps dont tu aurais besoin pour accepter ce diagnostic.

— Tu le penses vraiment ? demanda-t-elle, le regard rivé au sien.

Il se rapprocha d'elle et prit ses mains dans les siennes.

— Ma vie n'est plus la même depuis que tu t'es installée dans mon cœur le jour de la Saint-Valentin. J'ai cru pouvoir ignorer ce qui se passait entre nous. Je pensais que cela s'éteindrait tout seul, mais c'est le contraire qui est arrivé. Je t'aime, Adara, et je veux vivre avec toi, quel que soit l'avenir qui nous attend, et l'endroit où nous serons.

Adara sentit les larmes lui monter aux yeux. Des larmes de joie.

— Mais je ne pourrai jamais te donner d'enfant…

Il prit doucement son visage entre ses grandes mains chaudes.

— Cela ne changera jamais rien à mes sentiments pour toi. Je t'aime, Adara.

— Moi aussi je t'aime, dit-elle en se haussant sur la pointe des pieds.

Leurs lèvres s'unirent, une merveilleuse chaleur se répandit dans tout son corps.

Mais au lieu de répondre à son baiser, Krystof la repoussa doucement pour la regarder dans les yeux.

— Cesse de t'inquiéter, ma chérie. Je ne sais même pas si je souhaite avoir des enfants.

— Mais tu en voudras peut-être un jour…

Il lui posa un doigt sur les lèvres.

— Si nous décidons d'avoir une famille, je souhaiterais adopter un enfant, ou plusieurs. Je suis orphelin et j'aimerais offrir à un enfant ce dont j'ai été privé.

— Mais quelle merveilleuse idée ! Je n'y avais même pas pensé. Juste une dernière chose…

— Oui ?

— Nous devrons avoir un endroit à nous, pour pouvoir rentrer à la maison entre deux aventures. Et pour y garder nos trésors.

Krystof se posa la main sur le cœur.

— C'est ici que je garde le plus précieux de mes trésors : ton amour.

Quand il prit sa bouche avec passion, Adara sentit son cœur se gonfler d'amour et de tendresse. Tant que Krystof se tiendrait à son côté, elle serait toujours à la maison partout dans le monde.

Épilogue

Paris, soir de la Saint-Sylvestre.

Dans quelques instants, il serait minuit.

Adara s'arrêta devant le grand bureau en bois de rose installé dans un coin de leur immense salon et contempla l'enveloppe couleur ivoire portant au dos le sceau du palais royal de Rydiania.

Elle avait pensé attendre le retour de Krystof pour l'ouvrir, mais puisqu'il n'était toujours pas rentré… Adara prit le coupe-papier en argent et le fit glisser délicatement sous le rabat de l'enveloppe pour ne pas briser le sceau puis sortit le carton d'invitation en retenant son souffle.

Ils étaient invités tous les deux au mariage de leurs amis, Indigo et Istvan. Elle sourit. Elle était si heureuse qu'Indigo ait trouvé son prince charmant.

Hermione était mariée et partageait désormais son existence avec Atlas. Et elle-même avait trouvé le bonheur avec Krystof, l'homme de sa vie.

Depuis le mariage d'Hermione et Atlas, beaucoup de choses avaient changé. Adara avait quitté son travail au Ludus Resort. La décision avait été difficile à prendre, mais elle avait compris que le moment était venu de vivre ses rêves et de se lancer dans l'aventure. Renoncer à tout ce qu'elle connaissait, à son petit appartement douillet et au travail qu'elle aimait, lui avait paru terrifiant. Mais elle l'avait fait.

Et maintenant elle vivait à Paris, l'une des plus belles villes du monde, et elle avait lancé son entreprise. Désormais, elle avait son agence événementielle et travaillait avec une petite équipe triée sur le volet. Aidée de ses collaborateurs et collaboratrices, elle organisait des événements originaux et uniques, notamment des mariages qui lui avaient valu une solide réputation dans le milieu, et des commandes venant du monde entier. Aussi avait-elle l'occasion de voyager et de découvrir des endroits fabuleux.

Et surtout, elle et Krystof avaient trouvé un mode de vie qui leur convenait à tous les deux. Adara menait une carrière dans laquelle elle s'épanouissait, et Krystof n'avait pas à brider son envie de voyager puisqu'il l'accompagnait aux quatre coins de la planète lorsque son emploi du temps le lui permettait. Et enfin, ils avaient un endroit où ils se sentaient chez eux – ce magnifique appartement lumineux, situé dans l'une des plus belles avenues du monde : les Champs-Élysées.

Après avoir repris l'entreprise de technologie qu'il convoitait, Krystof l'avait fusionnée avec MyPost. Depuis qu'il la dirigeait activement, la plate-forme connaissait un développement spectaculaire, pour le plus grand bonheur de son propriétaire, ravi de relever tous les nouveaux défis qui se présentaient à lui.

Quand on parle du loup…

Adara entendit la porte d'entrée s'ouvrir puis se refermer, et Krystof apparut, plus beau que jamais dans un superbe manteau en cachemire noir et un pantalon anthracite.

— Tu as passé une bonne journée ? demanda-t-il en s'avançant dans le salon.

— Excellente. Et, toi, tu es très en retard. Des problèmes avec ta réunion ?

— Non, c'est tout le contraire ! Les négociations ont abouti, mais cela a pris plus de temps que prévu.

— Fantastique ! s'exclama Adara en souriant. Tu es heureux, hein ?

Il ôta son manteau et le posa sur le dos du sofa en cuir blanc.

— Je suis même le plus heureux des hommes, depuis que tu fais partie de ma vie.

Son cœur fit un petit bond.

— Je commençais à me dire que j'allais entamer cette nouvelle année sans toi.

— Nous avons dû attendre avant de pouvoir décoller. Il faisait un temps épouvantable, à Rome. Mais je ne t'aurais jamais laissé entamer la nouvelle année sans moi.

Adara lui tendit l'enveloppe décachetée portant le sceau royal intact.

— Regarde ce que nous avons reçu.

— Qu'est-ce que c'est ?

— Une invitation au mariage princier, tu te rends compte ? Nous sommes invités au palais royal de Rydiania pour assister au mariage d'Indigo et Istvan !

— Formidable, dit-il en s'approchant d'elle. Mais dans l'immédiat…

Il pencha la tête et l'embrassa sous l'oreille, faisant naître un délicieux frisson qui se propagea dans tout son corps.

— Tu m'as manqué, murmura-t-il contre sa peau.

— Tu n'es parti que vingt-quatre heures.

— Autrement dit, une éternité, répliqua-t-il en la prenant dans ses bras.

Adara lui caressa la joue.

— Je t'ai dit combien je t'aime, récemment ?

— Non, répliqua-t-il en fronçant les sourcils.

— Tu en es sûr ?

— Certain. La dernière fois que tu me l'as dit, c'était cet après-midi, au téléphone, répondit-il d'un ton faussement sévère.

— Toutes mes excuses. Je t'aime de tout mon cœur. Je suis pardonnée ?

— Oui. Mais ne recommence pas.

— Je te le promets. Tu as dîné ?

— Oui, à bord du jet.

Il baissa les yeux sur son tailleur.

— Je pensais te trouver prête à aller au lit.

— Moi ? Rater le feu d'artifice ? Jamais de la vie !

— Il est presque minuit, dit Krystof en baissant les yeux sur sa Rolex.

— Allons sur le balcon.

— Je te suis.

Appuyés à la balustrade, ils entendirent les voix excitées crier à l'unisson :

— Dix… neuf… huit…

Adara regarda son mari. Oui, son mari. Elle ne se lasserait jamais de ces deux petits mots.

— Sept… six… cinq…

Elle était si heureuse, elle avait tellement de chance…

— Quatre… trois… deux…

Son cœur débordait d'amour et de joie. Jamais elle n'aurait imaginé connaître un tel bonheur.

— Un…

— Je t'aime, dit Krystof.

— Moi aussi, je t'aime.

Leurs lèvres se joignirent à l'instant où les premières fusées explosaient au-dessus de leur tête et que des myriades d'étoiles blanches et dorées illuminaient tout le ciel.

L'année qui commençait serait encore plus merveilleuse que celle qui venait de s'achever.

Vous avez aimé ce roman ?
Retrouvez en numérique l'intégrale
de cette série grecque de Jennifer Faye :

1. *Le rêve d'Hermione*
2. *Un désir royal*
3. *Liaison grecque*

Retrouvez prochainement,
dans votre collection

AZUR

La vengeance d'un Espagnol,
de Pippa Roscoe - N°4631

Emily n'a pas revu Javier Casas depuis qu'elle l'a quitté, six ans plus tôt. C'est donc un choc pour elle d'être appelée au chevet de son époux, blessé au cours d'un accident. Alors que les médecins le disent amnésique et demandent à Emily de prendre soin de lui, elle doute. Ou plutôt, elle *sait* que Javier, fidèle à lui-même, se souvient de tout et ne cherche qu'à la ramener chez lui pour lui rappeler les moments délicieux qu'ils ont partagés avant de se haïr…

Une servante pour épouse,
de Jackie Ashenden - N°4632

Prisonnière depuis l'enfance, Rose mène la vie difficile d'une servante. Jusqu'au jour où elle ose demander de l'aide à Ares Aristiades, qui séjourne dans le manoir de son geôlier. Malgré les balafres qui marquent son visage, l'homme d'affaires grec lui inspire confiance… et désir ! Une alchimie d'autant plus troublante qu'Ares la soumet à un pacte dangereux : il rendra sa liberté à Rose si elle l'épouse et lui donne un héritier…

Le play-boy des sables, de Maya Blake - N°4633

Un cauchemar. Pour Javid al-Jukrat, devenir le souverain de Riyaal est inconcevable. Et pourtant, en tant que prince suppléant, il n'a d'autre choix que d'endosser le rôle que le destin lui impose aujourd'hui. Pire encore, il doit renoncer à sa vie de play-boy notoire pour épouser l'innocente Anaïs, avec laquelle il n'a rien en commun. Du moins le croit-il, car dans la chambre à coucher leur mariage de convenance prend soudain une tournure délicieusement passionnée…

L'inconnu des Bahamas, de Cara Colter - N°4634

Depuis qu'elle a été abandonnée devant l'autel, Marlee déteste les mariages. Et ce n'est pas cette noce organisée à Coconut Bay qui la fera changer d'avis. Quoique… Arrivée sur l'île paradisiaque, elle est vite envoûtée par les plages de sable doré, les fleurs multicolores, les cocotiers à perte de vue… et le regard brûlant de Matteo, un inconnu rencontré sous les étoiles. Alors, Marlee s'autorise une liaison aux Bahamas, une parenthèse à savourer contre toute raison…

Mon irrésistible milliardaire, de Lucy King - N°4635

Nick Morgan, le meilleur ami de mon frère, me déteste depuis toujours. Et pourtant, c'est à lui et à ses talents de financier que j'ai décidé de faire appel, quand j'ai brusquement hérité une fortune colossale. C'est ainsi que je me retrouve sur Suza, son île privée au cœur de l'océan Indien. Mon séjour supposé professionnel prend immédiatement une tournure inattendue. Non seulement une tempête tropicale m'oblige à rester auprès de Nick davantage que je ne l'avais imaginé, mais surtout le désir qui nous rapproche est aussi irrépressible que la haine qui nous oppose…

Le jeu d'une princesse, de Jessica Gilmore - N°4636

Sœur cachée d'une princesse, Clem mène une vie tranquille en Cornouailles. Jusqu'au jour où sa chère Arrosa lui rend visite, afin de lui annoncer le mariage arrangé auquel elle consentira bientôt. Touchée par sa détresse, Clem lui propose d'échanger leurs vies durant l'été. Arrosa se reposera au village, tandis qu'elle prendra sa place au palais. Un jeu de rôle simple et innocent en apparence, du moins Clem le croit-elle. Car elle ne tarde pas à être démasquée par Akil, le sublime vicomte d'Ortiz, le promis de sa sœur…

Nuits volées avec un roi, de Sharon Kendrick - N°4637

Rosie n'est pas de sang royal, elle n'a même pas le sang bleu. Elle n'est ni riche ni célèbre. Et pourtant, elle a grandi en rêvant que Corso, le prince héritier du trône de Monterosso, voie en elle autre chose que la gentille fille d'un domestique. Or voilà que, devenus adultes, tous deux se retrouvent pour une tournée internationale. Entre Londres, Paris et New-York, Rosie succombe à une passion interdite entre les bras de l'homme qu'elle aime, tout en sachant que bientôt il devra choisir parmi l'élite sa reine…

Le fruit du hasard, d'Emmy Grayson - N°4638

SÉRIE : *LES FRÈRES CABRERA* - 2/3

Organisatrice d'événements ultra-efficace, Calandra ne laisse rien au hasard. Jusqu'à sa rencontre avec Alejandro Cabrera, directeur d'une compagnie maritime et grand séducteur. Cet homme insupportable a beau être son exact opposé, il l'attire dangereusement. Au point qu'elle perd la raison entre ses bras, au cours d'une nuit passionnée. Le réveil est brutal pour Calandra, hélas ! Bientôt, en effet, elle se découvre enceinte de son amant…

Les vœux de Nikolaï, de Lucy Monroe - N°4639

SÉRIE : *DÉCRET ROYAL* - 1/3

Lorsqu'elle n'était qu'une adolescente naïve, Lady Nataliya a signé un contrat stipulant qu'elle convolerait un jour avec le prince de Mirrus. Aujourd'hui pressée de se libérer de ce piège matrimonial, elle vend à un journal le récit scandaleux de ses cinquante rendez-vous amoureux ! Sa stratégie fonctionne à merveille : son promis, furieux d'être ridiculisé, rompt leurs vœux. Hélas, le frère de ce dernier – le roi Nikolaï en personne – exige de Nataliya qu'elle respecte l'accord originel en l'épousant à la place !

Tendre scandale, de Dani Collins - N°4640

SÉRIE : *QUATRE MARIAGES ET UN BÉBÉ* - 1/4

C'est une habitude chez Hunter : il s'attend toujours au pire. Pourtant, rien ne l'avait préparé au scandale qui s'abat sur lui le jour même de ses noces. Alors qu'il se trouve au côté de sa future épouse, une riche héritière qui devrait l'aider à établir sa respectabilité, voilà que le mariage est interrompu par une autre femme. La douce Amelia, avec laquelle il a passé une nuit enivrante un an plus tôt, a fait irruption dans l'assistance avec un bébé dans les bras ! Une petite fille qui ressemble étrangement à Hunter…

Un bébé venu de Grèce, de Melanie Milburne - N°4641

Lorsqu'elle se découvre enceinte, Emily est bouleversée. Et dire qu'il lui a suffi d'une seule nuit d'amour pour en arriver là… Hélas, si l'idée d'être mère l'emplit d'émotion, elle sait que la situation est loin d'être idyllique. Car le père de son enfant n'est autre que Loukas Kyprianos, un milliardaire grec qui ne lui a plus donné de nouvelles après leur folle étreinte. Comment réagira cet homme réfractaire à tout engagement, quand elle lui révélera qu'ils sont désormais liés à jamais ?